novum pocket

Rosi Becker

Uzoma – Der Scammer

Eine ungewöhnliche Freundschaft

novum pocket

Bibliografische Information
der Deutschen Nationalbibliothek:

Die Deutsche Nationalbibliothek
verzeichnet diese Publikation in der
Deutschen Nationalbibliografie.
Detaillierte bibliografische Daten
sind im Internet über
http://www.d-nb.de abrufbar.

Alle Rechte der Verbreitung, auch
durch Film, Funk und Fernsehen, fotomechanische Wiedergabe, Tonträger, elektronische
Datenträger und auszugsweisen
Nachdruck, sind vorbehalten.

Gedruckt in der Europäischen Union
auf umweltfreundlichem, chlor- und
säurefrei gebleichtem Papier.

© 2024 novum Verlag

ISBN 978-3-903468-45-0
Umschlag- & Innenabbildungen:
Rosi Becker
Umschlaggestaltung, Layout & Satz:
novum Verlag

Die vom Autor zur Verfügung
gestellten Abbildungen wurden in
der bestmöglichen Qualität gedruckt.

www.novumverlag.com

Inhaltsverzeichnis

Vorwort 11

1. Ich – und wie mein Leben so läuft 14
2. Ich – das Internet und ein Liebes-Lügner 28
3. Ich und ein gewisser Wyatt Jason
   oder scammen leichtgemacht 36
4. Wie aus Wyatt Jason Uzoma wurde 45
5. Uzoma und ich – der Beginn
   einer Internetfreundschaft 60
6. Ich, Uzoma und die Feiertage 67
7. Silvester und Uzoma 76
8. Wer ist Uzoma eigentlich? 96
9. Uzoma – sein Leben und ich 107
10. Ich und ein hungriger Uzoma 114
11. Uzoma, ich und seine Familie 125
12. Uzomas, ich und die Schule 136
13. Uzomas, ich und eine Organisation 145
14. Uzomas Traum, sein Freund und ich 152
15. Uzoma, ich und die Obdachlosigkeit 159
16. Eine Wohnung für Uzoma 175
17. Uzoma renoviert und ich lerne
    das deutsche Gesundheitswesen kennen 188
18. Uzoma, ich und
    die Präsidentschaftswahl in Nigeria 196
19. Uzoma führt einen Haushalt 205
20. Uzoma und kein Ende 213

Epilog 220

Uzoma – der Scammer
Eine ungewöhnliche Freundschaft

Uzoma

Vorwort

Wir leben in einer digitalen Welt, die uns mehr und mehr im Griff hat. Unsere sozialen Kontakte finden heutzutage viel im Internet statt. Diese Welt bietet viel Schönes und Neues aber auch viele Gefahren. Für mich stellen Facebook, Instagram und Co. ein Experiment in Sachen sozialer Kontakte und Möglichkeiten dar.

Manchmal hat man das Gefühl, als hätte man sich komplett verlaufen, kommt aber trotzdem gut voran. Mann irrt durch das Netz auf der Suche nach Informationen und interessanten Begebenheiten um letztendlich eine Antwort zu finden mit der man bei weitem nicht gerechnet hat.

Wer glaubt, abgeschottet der digitalisierten Welt zu entkommen, wird es schwer haben.

Sie ist quasi überall. Es werden bei jedem Kontakt, jeder Tätigkeit im Netz und jeder gestellten Frage in einer der Suchdienst, Daten gesammelt von dir und deiner Umwelt, deinen Freunden. Dein Leben wird digitalisiert ohne das du es merkst.

Es ist aussichtslos dem zu entkommen.

Und da bin ich. Ich mit meiner panischen Flugangst. Das ist übrigens der Grund, warum ich nicht in fremde Länder fliege. Aber über diese Medien wie Facebook, Instagram und Co. bekommst du Kontakt zu Menschen jenseits der Meere und Kontinente. Du hoffst interessante Menschen kennenzulernen, mit denen du ohne reisen zu müssen plaudern kannst und etwas von ihrem Leben und ihrem Land erfährst. Sehr naiv nicht wahr? Ich musste lernen das neben ehrlichen Menschen auch viele Betrüger und Scharlatane im digitalen Netz unterwegs sind.

Was machen wir, wenn wir Opfer eines Betrügers werden? Wie gehen wir damit um?

Ich hatte das große Glück, eine von vielen Betrugsmaschen kennenzulernen. Die sogenannten Liebesbetrüger oder Scammer. Sie ködern dich mit schönen Worten und eh du dich versiehst, sitzt du in der Falle. Wenn du das dann merkst ist es meistens zu spät. Dann folgt der Absturz mit Wut, Scham und Verzweiflung.

Mir ist, dass alles passiert. Ich wollte aber nicht Opfer sein. Ich wollte die Wahrheit ergründen, hinter die Kulissen schauen. So entdeckte ich dann auch die Wahrheit oder besser ich fand sie in einem armen Jungen aus Nigeria.

Und hier ist meine Geschichte, der einer gereiften Frau, die eigentlich nur Menschen kennenlernen wollte, um mit ihnen zu plaudern und die Geschichte eines Scammer, eines Liebesbetrügers, der aus der Not heraus agiert.

Ich erzähle in diesem kleinen Buch über mich, in der Gegenwart und Vergangenheit und über einen jungen Betrüger aus Nigeria. Auf humorvoller Weise zeig ich in dieser Geschichte, wie aus einem Liebesbetrug eine herzliche Freundschaft geworden ist, mit tieftraurigen aber auch schönen Momenten.

Ich schreibe das Buch um viele Menschen zu erreichen, die ähnliches erlebt haben, denen es aber nicht gelungen ist, als Betrogene hinter die Kulissen zu schauen.

Ich möchte aufrütteln und zeigen wie es ist betrogen zu werden, welche Gefühle verletzt werden und wie Menschen darunter leiden.

Aber ich zeige auch die Gegenseite. Das Leben eines armen nigerianischer Jungen aus einem Land, das geprägt ist von Elend, Gewalt und Armut. Er versucht durch Betrug zu überleben, weil er keine andere Möglichkeit sieht sein Leben zu gestalten.

Nun sollte man mich nicht falsch versehen. Ich befürworte keinen Betrug auch nicht aus der Not heraus. Trotzdem sollten wir nicht wegsehen, nicht vorverurteilen. Wir müssen hinsehen und lernen zu verstehen und zu helfen, damit sich was ändert. Wenn man etwas tut fühlt man sich nicht als Opfer!

Wir ändern nichts, wenn wir uns dem Gefühl der Wut hingeben. Es ist allenfalls dann auch ein Zeichen der Hilflosigkeit.

Aber wenn wir unsere Wut unterdrücken und durch Mitgefühl ersetzen, helfen wir uns und gleichzeitig einen anderen Menschen.

Die Bilder in diesem kleinen Buch sind leider in keiner guten Qualität. Es sind original Handybilder. Uzoma hatte sie mir geschickt, um mir sein Leben zu zeigen. Sie spiegeln eine Welt wieder, die wir so nicht kennen oder einfach ignorieren. Diese Bilder ermöglichten mir Vergleiche zu ziehen mit dem Jetzt und Hier und mit meiner eigenen Vergangenheit.

Ich schreibe das Buch für Uzoma. Einen armen Jungen aus Nigeria.

Es soll ihm helfen seinen Weg im Leben zu finden.

Der Scammer
Uzoma und Ich -
eine ungewöhnliche Freundschaft

1. Ich – und wie mein Leben so läuft

Ein ganz gewöhnlicher Tag im November. Es regnet schon die ganze Zeit, es war so ein Novembertag, bei dem man sich am liebsten verkriechen möchte. Ich lag regungslos auf dem Sofa und sah den Regentropfen zu, wie sie gegen die Scheibe prasselten. Dabei grübelte ich still vor mich hin, was wohl für Aktivitäten außer Fernsehen noch möglich wären. Mein Mann hatte sich hingelegt und im Schlafzimmer den Fernseher angestellt. Was eine prima Einschlafhilfe seine kann. Inmitten der trüben Stimmung kam ich auf die verrückte Idee, auf die Seiten von Facebook und Instagram zu gehen, um zu sehen, was da so los ist.

Es war nichts los, jedenfalls nichts was mich Interessierte. Vor lauter langer Weile kam ich auf die hirnrissige Idee, selbst etwas bei Facebook und Instagram zu posten. Ich hatte hin und wieder mal ein paar Bildchen hochgeladen, ab nichts Besonderes. Sie erzeugten auch kaum Interesse. Ja der eine oder andere aus meinem Freundeskreis hob ab und zu den Daumen. Aber sonst erzeugten sie wenig Zustimmung. Also beschloss ich die Bilder mit Geschichten und Musik zu versehen. Erfahrungen hatte ich gleich Null.

Ohne Erfahrungen und ohne eine kernige Idee blickte ich von meinem Sofa auf und sah Blacky, meine Katze. Katzen gehen immer, dachte ich. Also machte ich mit meiner Handykamera jagt auf sie, um ein paar Bilder zu erhaschen. Kein leichtes Unterfangen, sie ahnte wahrscheinlich, was ihr Büchsenöffner vorhatte, und tarnte sich immer wieder gekonnt ab.

Schließlich gelang es mir und ich konnte endlich ein paar Fotos mit Blacky als Model fabrizieren. Nun musste ich nur noch eine Geschichte erfinden und das ganz mit Musik unterlegen. Facebook und Instagram verfügen über ausreichend Hilfsmittel für derartige Operationen. Also schnell ein Reel mit Musik zusammengestellt und dann posten, posten und posten.

Und wirklich, ich bekam auf einmal Follower, eins dann zwei und plötzlich waren es 20 Follower. Weitere 30 Nutzer folgten mir laut Instergram, wohin auch immer oder was das auch immer heißt.

In meiner Freundesliste standen mit einem Mal viele Freundschaftsanfragen. Merkwürdigerweise alles knackige junge Männer. Keine Mädchen und keine Frauen. Nur männliche Interessenten. Ich wusste bis dahin nicht, wie viele junge Männer sich für Katzen interessieren. Ich fragte mich ernsthaft, haben die mein Profilbild nicht gesehen? Da erkennt man doch mein Methusalemalter. Einer stach besonders heraus und ich dachte, in dem Fall antworte ich auf die Freundschaftsanfrage.

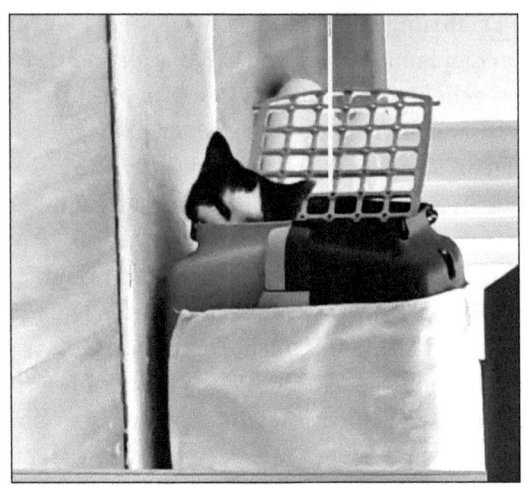
Meine Katze

Aber halt! Ich habe mich noch gar nicht vorgestellt.

Ich bin Rosi. Eigentlich heiß ich nicht Rosi. Aber alle Rosalindes, Roswithas und Rosalies auf der Welt, wer nennt euch schon mit vollem Namen? Sogar meine Eltern nannten mich Rosi. Obwohl sie mich mit einem längeren Namen beglückten, den sie dennoch nie benutzten. Meine Frage, warum sie mich nicht gleich so genannt haben, wurde nie beantwortet.

Für meine Umwelt war ich daher immer nur die Rosi.

Geboren wurde ich in Sachsen, genauer in Westsachen, in einer Industrie Stadt nahmen Karl-Marx-Stadt. Zur damaligen Zeit voller Schornsteine, dreckiger Luft und in tristen grau getaucht. Das ist meine Geburtsstadt. Heute heißt sie Chemnitz und sieht etwas besser aus. Sie wurde wie alles nach der Wende aufgemöbelt, hat aber ihr Arbeiter Flair nie verloren.

Sie ist nach wie vor eine kreisfreie Stadt im Südwesten des Freistaates Sachsen und die drittgrößte Großstadt gleich nach Leipzig und Dresden. Sogar eine Technische Universität gibt es. Geographisch liegt sie am Rande des Erzgebirges. Der kleine Fluss Chemnitz fließt hindurch und ist gleichzeitig Namensgeber.

Geboren wurde ich in dem Jahr als auf Kuba nach der Flucht des Diktators Batista, die Revolutionäre unter Fidel Castro die Macht übernahmen.

Gleichzeitig versuchten die damaligen Supermächte USA und UdSSR sich in Gesprächen um eine Abschwächung des Konfrontationskurses im Kalten Krieg zu bemühen. Der damalige US-Vizepräsident, Richard Nixon reist in die Sowjetunion, während Kreml-Führer Nikita Chruschtschow als erster sowjetischer Partei- und Regierungschef in die USA fährt oder besser fliegt.

In demselben Jahr wurde in der damaligen DDR, meinem Geburtsland, die landwirtschaftliche Produktionsgenossenschaftspflicht eingeführt.

Für die, die es nicht mehr wissen oder damals noch nicht geboren waren, eine kurze Exkursion in die damalige Zeit. Die landwirtschaftliche Produktionsgenossenschaft, abgekürzt LPG wurde zu Anfang noch teilweise freiwillige und später durch die die Zwangskollektivierung, wo die Bauern unfreiwillig zum genossenschaftlichen Zusammenschluss gezwungen wurden, gebildet. Die Bauern mussten alle Produktionsmittel und den gesamten Tierbestand einbringen. Es war eine Zeit voller Umbrüche und Veränderungen. Eine Zeit mit viel Leid und Gefahren für alle die, die andere Meinung waren. Viele verließen damals die noch junge DDR in Richtung Westen.

Es war die Zeit, wo die damalige Sowjetunion Lunik 1 bis 3 startet, mal mit Erfolg und mal mit weniger Erfolg. Und die USA mit ihrem Vanguard-Projektes, Satelliten in eine erdnahe Umlaufbahn platzierten.

Für alle Fußballfans hier, in dem Jahr wurde Eintracht Frankfurt deutscher Fußballmeister mit 5:3 nach Verlängerung gegen die Kickers Offenbach im Finale von Berlin. Wo da die Bayern waren, keine Ahnung.

Und auch musikalisch tat sich einiges. Nach dem Siegeszug des Rock'n'Roll war es ruhiger geworden. Das lag wahrscheinlich daran, dass Elvis Presley im hessischen Friedberg gerade seinen Wehrdienst bei der US-Armee ableisten musste.

Das war die Zeit der leisen Töne. In den USA waren es Frankie Avalon mit dem Klassiker „Venus" und Paul Anka sang sich mit „Lonely Boy`" in die Charts.

In Großbritannien machte der Musiker „Cliff Richard" mit seiner Begleitband auf sich aufmerksam. Mit dem Song „The Shadows" und den beiden Hitsingles „Living Doll" und „Travellin' Light" landete er erstmals ganz oben in den Charts.

Und im Westen Deutschlands sang sich Freddy Quinn mit seiner „Gitarre und das Meer" in die Herzen der Musikfreunde.

Im Osten Deutschland, der damaligen DDR, sang Peter Wieland „abends an der Moskwa", Fred Frohberg konterte mit „Ahoi, Matrosen". Und die Damenwelt sang „Am Tag, als der Regen kam", vorgetragen von Jenny Petra. Die Sängerin Bärbel Wachholz schwelgte in der Vergangenheit mit „Damals".

Ich hoffe, ihr könnt das Jahr zuordnen? Hinweise gibt es ja genug.

Aufgewachsen bin ich aber im Harz. Im zarten Alter von einem Jahr musste ich meinen Eltern in den Harz, genauer nach Roden folgen. Ein Dorf was genau an der deutsch-deutschen Grenze lag, nicht weit weg von dem kleinen beschaulichen städtischen Osterwick.

Das kleine Dorf liegt im nördlichen Harzvorland zwischen großem und kleinem Fallstein, nordwestlich von Osterwieck und südöstlich von Horneburg in Niedersachsen. An seinem südwestlichen Siedlungsrand verläuft der Zieselbach, ein Nebenfluss der Ilse. Die kleinen Häuser im Dorf waren, wie im Harz üblich, in Fachwerkbauweise errichtet worden. Es gab, bis auf die Kaserne und den Wohnungen für die Offiziere keine Neubauten im Dorf. Die Fenster gingen nach außen und nicht nach innen auf. Leider waren die meisten Gebäude zu DDR-Zeiten kurz vor dem Verfallen. Nach der Wende wurde versucht die historischen Bauten zu erhalten, was durch viel Fleiß und Enthusiasmus auch gelungen ist.

Als wir damals dort ankamen, lag der Ort unmittelbar im Grenzgebiet der DDR und war nur mit einer Sondergenehmigung zu erreichen.

Das Wohnen im Grenzgebiet war für die Menschen zu jener Zeit nicht so einfach.

Stellt euch vor, wenn ihr nur die nahegelegene Stadt Osterwieck oder die damalige Bezirksstadt Halberstadt besuchen wolltet, wurdet Ihr bei der Ausreise aus dem Grenzgebiet, sowie auch bei der Einreise ins Grenzgebiet kontrolliert. Soldaten kamen in den Bus und kontrollierten den Passierschein und die Ausweise. Sie sahen meistens streng aus.

Uns Kinder störte das nicht. Wir lebten fröhlich in den Tag hinein. Die Schule war ein ehemaliges Rittergut. Die Besitzer hatten sich, so wie viele Bauern in den Westen abgesetzt.

Die Grenztruppen bestimmten unseren Alltag. Sie jagten uns Kinder aus dem Wald, wenn wir zu nahe an der Grenze spielten. Neben unserem Kindergarten war ein Teil der Kaserne, eine Art Verwaltung. Es war eine einfache Holzbaracke. In der zweiten Holzbaracke war der Kindergarten untergebracht. Die Hauptkaserne befand sich außerhalb des Dorfes und war ein Neubau.

Die Grenzer hatten in der Holzbaracke ein kleines Kino untergebracht. Dorfbewohner, Soldaten und wir Kindergarten Kinder sahen da zum ersten Mal die Indianerfilme der DEFA. So „die Söhne der großen Bärin" mit Gojko Mitić als Tokei-ihto. Oder „Heißer Sommer" mit Frank Schöbel.

Ich wurde in dem Dorf eingeschult, ausgerechnet bei meiner Mutter, die Lehrerin war. Meine Ordnungs- und Betragensnoten sahen dementsprechend aus. Sie bewertete wohl auch gleich mein Verhalten von zu Hause mit.

Zugegeben mein Verhalten war nicht immer gut. Damals wurde man noch mit Stubenarrest bestraft. Heute wäre das eine Auszeichnung.

Was heute undenkbar ist, die 1. und die 2. Klasse saß in einem Zimmer im Rittergut und hatten zur gleichen Zeit Unterricht. Erst ab der 4. Klasse durften wir in ein anderes Dorf mit einer richtigen Schule zum Unterricht fahren.

Aber das störte uns nicht, wir kannten es nicht anders. Es war ein bisschen Bullerbü von Astrid Lindgren allerdings abgeschnitten von der Außenwelt, eingesperrt in einem Dorf.

Im Sommer halfen wir bei der Ernte. Am liebsten war ich bei der Zuckerschotenernte.

Wir hatten alle, wie das zu DDR-Zeiten üblich war, im Kindergarten Schürzen an. Nachdem wir uns den Bauch mit Zuckerschoten gefüllt hatten, kurz vorm Bauchweh, stopften wir uns die Schürzentaschen voll und banden auch noch ein Haufen Schoten in die Schürze hinein. Wirkliche Helfer waren wir nie. Mag es sein wie es ist, aber die Erinnerungen an dieses Dorf sind meine schönsten Kindheitserinnerungen.

An einen Streich erinnere ich mich noch heute gern zurück. Er brachte mir 1 Woche Stubenarrest und 1 Woche Stallarbeiten bei meiner Großmutter ein.

Wir paar Kinder aus dem Dorf waren die meiste Zeit draußen, während die Eltern arbeiteten. Es kümmerte sich niemand um uns. Warum auch, keiner kam rein, ohne gesehen zu werden und keiner kam raus, ohne gesehen zu werden. Heutzutage umlagern die Eltern die Kinderspielplätze. Wir hingegen waren immer unter uns als Kinder ohne aufpassende Erwachsene.

Die Eltern kümmerte es kaum, was wir so machten oder anstellten. Eines Tages spielten wir in der Nähe der Schäferei. Es waren grob geschätzt um die Hundert Schafe und ein Bock glaub ich.

Wir kletterten alle auf das Gatter, um uns sportlich zu betätigen. Es war ein Offenstall, eine große offene Stallbaracke aus Holz brettern und eine große Weide, die sich an den Stall anschloss. Es kam mir als Kind riesig vor. Ich schaukelte mit einem weiteren Mädchen, ich glaube, sie hieß Gudrun auf dem Gattertor. Mit Schwung schwang das Tor mit uns hin und her. Nach einer Weile bemerkten wir, dass uns der Bock merkwürdig ansah.

Wir bekamen Angst und sprangen vom Tor, die anderen sprangen ebenfalls vom Gatter. Der Bock rannte nun ohne Aufenthalt durch das offene Tor und die anderen Schafe nutzten ebenfalls die Gelegenheit, die sich Ihnen bot, schnell zu verschwinden.

So rannte die Schafherde mit dem Bock voreweg die Dorfstraße runter. Leider wussten die Schafe nicht, dass man ohne Passierschein nicht über die Grenze durfte, und lösten Alarm aus. Es dauerte fast die ganze Nacht bis der Großteil der Herde eingefangen waren. Ausnahmsweise arbeiteten Bauern und Soldaten Hand in Hand. Der Rest der Herde hatte sich in den Westen abgesetzt, keiner weiß, ob sie dort ein glücklicheres Leben hatten.

Am nächsten Tag erschienen der Kommandeur und der Bürgermeister in der Schule. Wir mussten alle nach vorn. Ich sah, wie meine Mutter rot wurde vor Wut. Mein Vater war Berufssoldat und zu dem Zeitpunkt in der Kaserne. Er war die Nacht nicht zu Hause gewesen und kam erst am nächsten Morgen feucht fröhlich heim. Sie hatten mit den Bauern wohl auf jedes wiedergefundene Schaf angestoßen.

Der Bürgermeister hielt uns einen Vortag, was für einen Schaden wir der LPG zugefügt hatten und das wir froh sein können das uns nichts passiert ist. Der Kommandeur erzählte was von Klassenfeinden und dass wir vorbildliche Pionier sein sollten. Wir bekamen alle einen Tadel ins Klassenbuch eingetragen. Ich bekam zusätzlich von meinem Vater, nach dem er wieder nüchtern war, eine Woche Stubenarrest, die ich bei meiner Großmutter im Unterdorf absitzen durfte, mit der Maßgabe im Stall zu helfen.

Traurig war ich, als wir nur ein paar Jahr später wieder in die Nähe von Chemnitz zurückgezogen sind. Gewohnt an die frische Luft im Harz, war das eine große Umstellung. Hier war alles Grau und voll Ruß. Mein Vater studierte jetzt Lehramt und ich ging in die Schule. Nach dem Schulabschluss wollte ich studieren. Die Zensuren hatte ich, aber meine Eltern gehörten der sogenannten „Intelligenz" an, das hieß für mich, kein Studium. Ich musste nach den Regeln der DDR in die Produktion.

Und so beschloss ich Gärtnerin zu werden. Das schien mir am ungefährlichsten und außerdem hatte ich Erfahrungen aus dem Garten meiner Großmutter. „Gärtner unter Glas und Plasten" war die genaue Berufsbezeichnung. Als Lehrlinge, heute würde man Azubi sagen, lernten wir die unbedingte Einhaltung einer „15", das heißt eine Viertelstunde Pause. Einen genauen Zeitplan gab es für das Stattfinden der Pause nicht. Wichtig war nur, dass sie stattfand. Einer rief „15" und alle setzten sich hin, rauchten oder schwatzten. Wenn ihr jetzt denkt, ah da mussten wir länger arbeiten oder die Zeit rausarbeiten, da kann ich euch beruhigen. Wir mussten nicht. Die „15" wurde elegant in die Arbeitszeit mit eingebettet. Das war in allen Brigaden so, heute würde man Team sagen.

Kurios ist, dass ich bei meinem Vater in der Berufsschule Unterricht hatte. Er war inzwischen Berufschullehrer für Deutsch und Geschichte geworden und er unterrichtete genau an der Schule, in der ich meine Ausbildung machte. Dass das nicht gut ging, war klar und man beschloss, mich in die parallel Klasse zu versetzen.

Die Ausbildungszeit ging schnell vorbei, ich lernte nicht nur, wie man mit Pflanzen umging, sondern auch wie man raucht und Alkohol zu sich nimmt. Also wertvolle Tipps fürs Leben. Gleich zu Beginn der Lehre, im Herbst wurden wir gefragt, ob uns kalt ist. Nun hast du ja gesagt, bekamst du einen Tee mit Schuss. Lustig war das Frühjahr, wenn die Folienzelte gepflügt wurden. Dann durften wir Lehrlinge die Schnapsflaschen auflesen. Dass wir in der DDR ein Problem mit Alkohol hatten, wurde mir erst später an anderer Stelle richtig bewusst.

Nach der Ausbildung wollte ich studieren, Gartenbau in Meisen. Als ich das meinem Betrieb mitteilte, sagte man mir, dass ich zunächst erst mal in die SED eintreten soll. Damals die Partei ohne die nichts ging. Einheitspartei Deutschlands hieß sie, und so einheitlich war auch ihr Inhalt. Dazu hatte ich keine Lust. Ich sagte, nein, und zerriss das Eintrittsformular vor dem Parteisekretär. Ein böser Fehler. Ich wusste ja nicht, was das Studium zum Gartenbauingenieur mit einem Parteieintritt zu tun haben sollte. Ich unterschrieb den Eintritt nicht. Ich durfte nicht studieren. Zum zweiten Mal wurde mir eine höhere Schulbildung verwehrt. Ich verstand die Welt nicht mehr. Mein damaliger Freund und spätere Ehemann war Mitglied der Bauernpartei. Die SED für Bauern war kritischer aber wiederum nicht zu kritisch, wurde später, nach der Wende von der CDU übernommen. Mein damaliger Freund gab mir den Tipp, in seine Partei einzutreten. Mir war alles Recht und wütend, wie man mit 18 nur sein kann, tat ich das auch. Ich wurde Mitglied der Bauernpartei.

Jetzt durfte ich studieren, aber nicht Gartenbau. Ich bekam einen Studienplatz in Weimar. Dort studierte ich Jura, Staat und Recht, so nannte man das damals, wenn man ein Verwaltungsstudium aufnahm. Heute heißt es Verwaltungswirt, glaub ich. 3 Jahre Weimar mit ihrer Kultur haben mich aber auch geprägt, vor allem in Sachen Weltoffenheit.

Nach dem Studium begann ich in einer Verwaltung zu arbeiten, wo ich das Alkoholproblem erst richtig kennenlernte. Zu DDR-Zeiten herrschte immer Arbeitskräftemangel. Putzfrauen wurde hoch verehrt, weil es keine gab. So war es üblich, dass immer freitags ab 12 Uhr die Büroräume durch die Mitarbeiter selbst geputzt wurden. Heute undenkbar.

Es wurde Staub auf den Schränken und Tischen entfernt und der Fußboden gewischt, bei Bedarf mit Bohnerwachs gebohnert. Manchmal wurden auch die Toiletten geputzt. Wenn man damit fertig war, so gegen 15 Uhr wurde innerlich aufgeräumt. Mit Likör, Wein oder anderen Getränken. Beliebt waren die sogenannten Longdrinks. 16 Uhr ging man dann feucht fröhlich heim. Das war in vielen Betrieben so. Ein Grund zum Trinken wurde immer gefunden.

Ich hatte das Glück schwanger zu werden und konnte mich dem dadurch entziehen.

2 Kinder kamen zur Welt und ich blieb bis zum Wendejahr daheim. Als ich, glücklich über einen Kindergarten und Krippenplatz wieder mit der Arbeit anfing, waren viel meiner Kollegen schon den Weg Richtung Westen gegangen.

Wir versuchten mit Humor diese Zeit zu überstehen. Witze wie „Oben Krenz, unten brennt's oder „Vorschlag für den 1. Mai: Die Führung zieht am Volk vorbei". Das waren auch Sprüche, die man bei den Montagsdemos auf den Plakaten lesen konnte.

Beliebt auch „pass auf sonst ist es aus, der Letzte macht das Licht aus".

Trotzdem machte sich in all der Aufbruchsstimmung auch Angst und Unsicherheit bemerkbar. Keiner wusste was passiert, wie unsere Zukunft aussehen wird. Wir sahen es in den Geschäften und Betrieben, dass die DDR mit ihrem Sozialismus am Ende war.

In der Zeit funktionierte ich für meine Familie, während mein Mann zu den Demos ging, versuchte ich aus den Nachrichten von Ost und West irgendeine Antwort herauszufiltern.

So viele Nachrichten, wie in dieser Zeit habe ich nie wieder gehört, gesehen oder gelesen.

Nach der Wende arbeitete ich in der Verwaltung weiter und fing ein 3-jähriges Studium an, weil die DDR-Ausbildung nur Makulatur war. Diesmal interessierte das Parteibuch nicht. Das Leben ging weiter und uns ging es irgendwann wieder besser.

Dann kam ein Schicksalsschlag, der schlagartig meine Welt veränderte. Mein Mann starb plötzlich. Ich war mit 2 pubertierenden Kindern allein zu haus.

Ich musste den Tod meines Mannes verarbeiten und gleichzeitig meine Kinder ins Erwachsen werden begleiten. Wie ich das geschafft habe, ist mir bis heute ein Rätsel.

Besonders mein Sohn wandelte sich ständig, einmal war er rechts mit Springer Stiefel, dann wieder ganz links mit roten Haaren und wieder was Anderes. Ich hatte zu tun ihn zu folgen.

Einige Jahre später waren es die Eskapaden meines Sohnes, er hatte gerade seine Tierliebe entdeckt, die mir es ermöglichten, meinen heutigen Mann kennenzulernen. Er hatte ihn mitbracht, als Arbeitskollegen, der den Käfig für seine Tiere bauen sollte.

Nach dem ersten Date, wie man heute sagt, stellten wir fest, dass wir zur gleichen Zeit in die gleiche Berufsschule gegangen sind. Er hatte Bäcker gelernt und bei meinem Vater Unterricht gehabt. Nun von meinem Vater wusste ich, dass die Bäcker und Fleischer Klassen in Sachen Disziplin die schlimmsten an der Schule waren.

Und so verwunderte es mich nicht, als er erfuhr, wer ich war, dass er nicht mit zu meinen Eltern wollte. Er dachte, mein Vater würde sich an ihn und seine Taten erinnern. Ich beruhigte ihn, mein Vater war da schon 80 und würde sich bestimmt nicht mehr an ihn erinnern. Meine Überredungskunst bracht ihn dazu, an einem schönen Sonntag im Mai mit mir zu meinen Eltern zu gehen. Allerdings rechnete ich nicht mit dem „Gut funktionierenden" Gedächtnis meines Vaters.

Wir klingelten, mein Vater machte die Tür auf und seine ersten Worte waren „Was macht der den hier". 3 Schnäpse weiter waren sie dann dicke Freunde.

Heute bin ich froh meinen Mann immer bei mir zu haben. Wir sind in all den Jahren durch schöne, aber auch schwere Zeiten gegangen und haben unseren Humor behalten.

Ich bin immer neugierig und mach auch heute noch mal das eine oder andere Späßchen. So ist nun auch unser Katze Blacky Opfer meines Tatendranges geworden und ein Instagramstar.

2. Ich – das Internet und ein Liebes-Lügner

Wie ich euch eingangs bereits sagte, hatte ich meine Katze, namens Blacky gegen ihren ausdrücklichen Willen zum Star auf Instagram und Co. gemacht.

Ich hatte inzwischen einige Follower und vor allem Freundschaftsanfragen.

Das erstaunlich war für mich, dass alle Anfragen männlicher Natur waren. Wie ich eingangs erwähnte lauter knackige junge Burschen oder Soldaten oder Männer im Arztkittel. Ich staunte nicht schlecht. Entweder hatten die alle Sehschwächen oder ein Fetisch für ältere Damen. Mein Profilbild ist so gut wie neu und zeigt eigentlich eindeutig, dass ich kein junges knackiges Mädchen bin.

Neugierig wie ich bin, bestätigte ich die Freundschaftsanfrage eines Herren, der im Profilbild mit OP-Kleidung abgebildet war. Ich dachte, na da werde ich gleich einen Chirurgen kennenlernen. Weit gefehlt.

Er meldete sich mit „Hallo". Ich schrieb „Hallo zurück". Er sagte, er käme aus Polen und wollte wissen, woher ich komme. „Deutschland" – schrieb ich knapp.

„Ah", sagte er. Ich fragte ihn, warum er mir eine Freundschaftsanfrage gestellt hatte.

Er schrieb. „Auf deinem Bild siehst du so schön aus und dein Lächeln ist so schön".

Ich dachte, ah ein blinder Chirurg. Dann fragte er mich, ob ich alleine wäre. Ich antwortete: „Natürlich nicht, wer so schön ist wie ich, ist vergeben!"

Ich fand langsam Spaß daran. Er wollte mich auf dem Arm nehmen, dachte ich zunächst.

Nach einer kurzen Pause, sicher musste er erst meine Antwort verdauen, schrieb er, ob ich arbeite. Ich beantworte es mit ja und mit der Gegenfrage, was er denn so mache in Polen.

„Oh", schrieb er: „Ich bin Bauingenieur und arbeite in Dubai an einem großen Projekt."

Ich antwortete sarkastisch: „Was für eine schöne Aufgabe, besonders die Berufskleidung ist aufregend."

Es dauerte wieder einige Zeit, bis ich eine Antwort erhielt: „Können wir uns bitte immer im Google-Chat unterhalten, bitte?"

Oh, dachte ich, hatte er noch nicht genug nach meiner Antwort? Ich war weiter neugierig und sagte ihm, dass dieser Chat zur Kommunikation für mich völlig ausreichend ist.

Nach ungefähr 2 Tagen bekam ich wieder einige „Hallo wie geht es dir" und „bist du noch da" Fragen. Es folgte ein belangloses Hin und Her zum Wetter und immer wieder waren Fragen zu meinem Wohlbefinden dazwischengeschaltet und wie schön ich doch sei. Er wäre so einsam und würde sich über meine Anwesenheit im Chat freuen.

Ich teilte die Freude nicht und antwortete: „Er könne sich vor Ort eine reale Freundin suchen". Er antwortete, dass er ein schüchterner Typ wäre und Frauen nicht so gut ansprechen könnte.

Ich hatte dem nichts entgegenzusetzen und überlegt, was ich eigentlich hier machte.

So chattete ich mit einem schüchternen Bauingenieur aus Polen, der mit OP-Kleidung in Dubai auf dem Bau arbeitet. Verrückt dachte ich, einer von uns beiden ist verrückt.

Einen Tag drauf kam er mit folgender Geschichte: Er wäre ausgeraubt worden und brauch dringend meine Hilfe, er kenne sonst niemanden, der ihm helfen würde. Er bräuchte dringend einen Laptop, seiner wurde geklaut. Ich könnte ihn auf sein Bitcoin-Konto das Geld überweisen.

Ich dachte für mich, aha jetzt weiß ich, wer von uns beiden hier verrückt ist.

So fragte ich ihm, warum er als Pole nicht einfach zur polnischen Botschaft Kontakt aufnimmt, die helfen ihm doch bestimmt.

Er sagte, dass er das nicht kann. Er hätte kein Geld und kein Laptop, um eine Mail zu schicken. Ich antworte, er soll die Erfindung „Internet Kaffee" benutzen. Eine Lösung gibt es immer, wenn man den will.

Langsam spürte ich, wie innerlich eine Wut in mir aufkam. Wenn er jetzt noch schöne Frau sagt, drücke ich den Butten vom Hörer und schreien ihn auf Deutsch an, egal ob er mich versteht oder nicht!

Es kam ein flehendes „bitte" ihm doch zu helfen mit Smileys in verschiedenen Ausführungen.

Irgendwie tat er mir leid. Sollte ich ihm helfen, wo doch von Anfang an klar war, dass er lügt wie gedruckt? Vielleicht braucht er wirklich meine Hilfe. Aber warum dann mit Lügen nach Hilfe fragen. Wo hat er das überall schon gemacht? Wer ist darauf reingefallen?

Während ich immer noch nachdachte, für und wider abwog, zwischen Mitleid und Wut schwankte, kamen weitere Smileys und die dringender bitte ihm zu helfen.

Ich setze nun alles auf eine Karte und ließ die Katze aus dem Sack, wie es so schön heißt.

Ich schrieb: „Hallo, so wie ich das sehe, belügst du mich von Anfang an. Ich glaube dir nichts. Ich glaube dir nicht, dass du Pole bis. Ich glaube dir nicht, dass du Bauingenieur bist und ich glaube auch nicht, dass du in Dubai arbeitest."

Er antwortet: „Bitte, bitte glaube mir. Ich bin ein ehrlicher Mensch. Ich habe dich nicht angelogen, bitte. Ich brauch wirklich deine Hilfe."

Ich antwortete: „Tut mir leid, ich kann keinen Bauingenieur in OP-Kleidung glauben. Ich kann mir beim besten Willen nicht vorstellen, dass man in Dubai mit dieser Art Berufsbekleidung auf dem Bau arbeitet."

„Was glauben Sie, ich bin ehrlich, bitte," kam wehleidig seine Argumente rüber.

Ich schrieb mehr wütend als hilfsbereit: „Was ich glaube? Du bist ein Lügner!"

Ich blockierte ihm und lehnte mich zurück.

Was für ein Tag, draußen fing es an zu schneien und die Temperaturen lagen bei -1 Grad. Meine Stimmung war genauso frostig wie das Wetter.

Hatte ich zu heftig reagiert, und einen Menschen Hilfe verweigert, der wirklich Hilfe brauchte? Was wenn er nicht gelogen hat? Aber das Profilbild war schon merkwürdig. Aber was, wenn er das Bild eines anderen gepostet hat, um anonym zu bleiben und keine böse Absicht vorlag? Manche haben Mickymaus im Profil oder Asterix.

Je mehr ich nachdachte und den Fall der Schneeflocken am Fenster folgte, umso mehr kamen in mir Zweifel auf. War mein Handeln richtig? Was tun in so einem Fall? Was ist das Richtige? Ich war sehr verwirrt und durcheinander.

Nun kam mir eine wertvolle Erfindung in der heutigen Zeit zugute, Dr. Google! Der weiß alles, man muss nur die richtigen Fragen stellen.

Ihr kennt ihn, da bin ich sicher. „Dr. Google" hilft bei Gesundheitsproblemen. Es ist für jeden niedergelassenen Arzt eine Freude, wenn seine Patienten bereits mit den richtigen Diagnosen in die Praxis kommen. Er hilft den Alterungsprozess aufzuhalten, er weiß welche Creme und Tropfen da helfen. „Dr. Google" kann alle Fragen für jede Lebenslage beantworten.

Ich war überzeugt, er kann auch mir helfen.

Also gab ich Liebes Lügner ein. Wow, das übertraf meine Erwartungen. Das Netz war voll mit Seiten darüber. Ich kam aus dem Staunen nicht mehr heraus.

Da lass ich von der Masche: Erst Liebe vorgaukeln, dann nach Geld fragen.

Hm, kam mir bekannt vor. Weiter lass ich, dass immer erst eine zarte Bande geknüpft und die große Liebe vorgegaukelt wird. Ermittler nenne das „Love Scamming" oder „Romance Scam". Unbekannte Täter spielen die Verliebten, aber eigentlich wollen sie nur Geld.

Passt da mein Bauingenieur in OP-Kleidung rein?

Dann lass ich, dass über Netzwerke oder Dating-Seiten Scammer an Mailadressen kommen. Eine knappe Mail in englischer Sprache mit einer Einladung zum Chat dient als Lockmittel. Mein falscher Bauingenieur hat gleich in Deutsch angefragt.

Es wurden weiter Links angezeigt mit Listen von sogenannten Scammern.

Das Netz war voll davon. Einige schrieb über ihre Erfahrungen. Von geklauten Identitäten und Bildern. Meist kommen diese Liebeslügner so raffiniert rüber, dass man auf Anhieb nicht gleich erkennt, was dahintersteckt.

Nun mein falscher Bauingenieur muss auf diesem Gebiet gearbeitet haben. Allerdings sehr dilettantisch. Vielleicht war er Anfänger? Und hatte noch keine Erfahrung, wie man das richtigmacht. Er hätte googeln sollen, da hätte er von Betroffenen wertvolle Tipps erhalten.

Viele Betroffene schrieben über ihre Erfahrungen voller Wut, Frust und Enttäuschung. Sie waren wütend auf sich selbst, darauf reingefallen zu sein. Einige hatten an echte Liebe geglaubt und brauchten nun physische Betreuung. Die auf diese Weise betrogenen Frauen waren aus allen Altersklassen und Schichten, eine Menge Wut und Frust staute sich da im Netz auf.

Ich war erstaunt über die Seitenweisen Informationen und Tatsachenberichte. Viele waren mit Bilden der vermeintlichen Scammer versehen. Ich erkannte einige wieder. Die waren auch in meiner Freundschaftsliste aufgetaucht.

Also bei aller Frust, eins muss man den Scammern lassen, Geschmack haben sie. Es war nicht ein hässlicher Bursche dabei. Ihre Wortwahl ist vom Feinsten. Aber ihre Absichten die denkbar schlechtesten.

Ich brauchte also kein schlechtes Gewissen zu haben, weil ich meinen falschen Bauingenieur geblockt hatte, ihn quasi ausgesperrt hatte. Er war ein gewöhnlicher Scammer, allerdings entwicklungsfähig.

Trotzdem kehrte nicht die gewohnte Ruhe bei mir ein. Ich machte mir mehr und mehr Gedanken darüber, wer hinter dem Bauingenieur im OP-Gewand stand. Was hatte den Unbekannten dazu veranlasst? Wie verzweifelt musste man sein, um sowas zu machen? Ich dachte an den flehenden Hilferufen mit den Smileys, den Beteuerungen.

Versunken in meine Gedankenwelt kam mir freund Zufall zu Hilfe. Ich zappte gelangweilt durch die Fernsehprogramme, in Gedanken versunken und merkte plötzlich auf. Da war eine Dokumentation über Betrüger in Nigeria. Ein Reporter hat einen vermeintlichen Scammer interviewt. Einen jungen Mann von ca. 18 bis 20 Jahren. Mir stockte der Atem.

War mein dilettantischer Scammer etwa auch so alt gewesen? Oje!

Ich war auf einmal hellwach und lauschte gespannt den Worten des Reporters.

Der junge Mann stellte sich als Student vor. Er war nicht vermummt und blickte in die Kamera. Ein schmächtiger Junge, nicht sehr groß, sehr schlank mit kurzem krausem Haar. Seine Hautfarbe war nicht sehr dunkel, eher hellbraun. Auf die Frage des Reporters, warum er das macht, antwortete er, dass es in Nigeria keine Jobs für junge Leute und im speziellen für Absolventen gibt. Um sich und seine Familie über Wasser zu halten, scammer er. Der Reporter fragte weiter, wie viele Junge Leute es denn so machen wie er? Der junge Nigerianer sagte in die Kamera, das machen alle hier. Alle? Fragte der Reporter. Ja alle. Es gibt hier nichts, wo man Geld verdienen kann. Der junge Student erzählte, dass alle seine Freunde und Studienkollegen gleich, wenn sie nach Hause kommen, ihre Laptops aufmachen oder das Handy zücken und los geht es.

Manche jungen Leute machen das den ganzen Tag. Mit gestohlenen Identitäten werden Frauen, aber auch Männer, abgezockt. Mann schwindelt Liebe vor, versucht das Vertrauen zu gewinnen, um zum richtigen Zeitpunkt um Geld zu bitten.

Der Reporter fragt, ob seine Familie davon weiß. Nein sagt er. Und deine Mutter, was würde sie sagen, wen sie davon erfährt, fragt er weiter. Der junge Mann antwortet schnell: „ Das ist ihr egal, Hauptsache ich bringe Geld nach Hause. Woher das Geld kommt, interessiert nicht."

Es folgte die Einspielungen einer Schule und einem Internetkaffe. Aus dem Internetkaffe kam ein großer kräftiger Junger Mann. Etwas älter, schätze ich als der Student. Der Reporter fragte gleich drauf los: Sie scammen auch? „Ja", sagte der Mann. Tun ihnen nicht die Frauen leid, die sie erst belügen und dann abzocken, fragt der Reporter.

„Ja manchmal schon, sind meistens nette alte Ladies."

Nette alte Ladies, dachte ich, so ein Idiot. Ich bin keine nette alte Lady, allenfalls das Gegenteil.

Der junge Mann ging schnell weiter. Jetzt stellte man die Opfer vor, die sich schämten und aus diesem Grund unkenntlich auftraten. Da war eine Frau, die so verliebt war, dass sie schon Heiratspläne schmiedete. Eine andere hatte Geld geschickt. Aber alle hatten dasselbe erlebt. Eine Frau musste sogar spezielle Hilfe annehmen.

Ich war überrascht, was für Auswirkung diese Betrügereien um die Liebe hatten. Wie viel Leid und Verzweiflung die Opfer erlebte, unabhängig davon, ob sie männlich oder weiblich waren. Ein Arzt sprach auch und bat darum, dass die mutmaßlichen Opfer dringend medizinische Hilfe in Anspruch nehmen.

So schlimm? Dachte ich. So schlimm?

3. Ich und ein gewisser Wyatt Jason oder scammen leichtgemacht

Es war kalt geworden draußen und ich war beschäftigt, wie jeder hier um diese Zeit, meine Wohnung weihnachtlich zu schmücken. Für alle die nicht im Voigtland oder Erzgebirge zu Hause sind so viel, es ist die schönste Zeit in unserem Erzgebirge und Voigtland.

Nun kann das Schmücken hier am Rande des Erzgebirges schon mal eine ganze Woche in Anspruch nehmen. Die Tage werden kürzer, es dunkelt zeitig. Also versucht man mit viel Licht dem entgegenzuwirken. Schwibbögen werden ins Fenster gestellt. Weihnachtsbeleuchtung wird überall an den Häusern und Fenstern angebracht. Und Verzaubern besonders abends die Städte und Dörfer im Erzgebirge und Voigtland.

Auch die innen Räume werden weihnachtlich geschmückt. Da werden alte Räuchermänner und Nussknackern in Scharen aufgestellt. Tannen – Sträuße in Vasen gestellt, damit ein frischer Tannenduft durchs Haus zieht.

Handwerklich wird auch gearbeitet. Schließlich muss alles wieder geleimt werden, was im vergangenen Jahr kaputtgegangen ist. Holzleim ist in dieser Zeit schwer zu kriegen.

Alles in allen ist die Weihnachtszeit hier bei uns im Erzgebirgsvorland magisch und voller Zauber, inklusiv der Reparaturarbeiten an den alten wertvollen Stücken. Das gehört einfach zu Weihnachten dazu.

In dem ganzen Trubel hatte ich die Scammergeschichte vergessen. Ich war mit putzen, aufbauen des Weihnachtsschmucks und des Antreibens meines Mannes beschäftigt. Er war für die Außenanlage verantwortlich. Es ging mir wie jedes Jahr nicht schnell genug.

Abends auf dem Sofa betrachte ich mein Werk. Es sah alles sehr hübsch und weihnachtlich aus. Es hatte sich gelohnt, allerdings dachte ich mit grauen daran, dass alles wieder abgebaut werden muss. Aber jetzt war ich stolz und glücklich. Erschöpft lies ich mich tief ins Sofa fallen und dachte daran einige Fotos vom Weihnachtsmarkt und den schönen Lichterspielen hier bei mir zu posten.

Also nahm ich mein Handy und fing an. Meine Katze suchte ihr Heil in der Flucht. Sie wollte nicht schon wieder Instagram Star werden.

Als ich glaubte ein schönes Motiv gefunden zu haben, fing ich an, es zu posten, natürlich mit Musik und Glitter Schnee. Ich war inzwischen Profi.

Aber ich war nicht die Einzige im Netz. Ein gewisser Wyatt Jason hatte mir eine Freundschaftsanfrage gestellt. Laut Profil diesmal ein Soldat der US-Armee.

Ich sah sein Profil lange an und erinnerte mich an den Bauingenieur. Wenn ihr jetzt glaubt, dass ich nach all diesen Informationen schlau geworden bin. Weitgefehlt. Nein ich war neugierig darauf, was passieren würde, würde ich diese Frage mit ja beantworten.

Ich zögerte noch eine Weile, dann drückte ich den Button.

Nach ca. einer Stunde kam ein „Hallo? Wie geht es dir heute?"

Danke, mir geht es gut, schrieb ich.

„Das ist gut zu wissen", wurde mir geantwortet. "Mein Name ist Jason und du?" Fragte er.

„Rosi", antwortete ich.

„Was für ein hübscher Name!", säuselte er per Chat. Naja, vielleicht haben meine Eltern mich aus diesem Grund Rosi gerufen. Weil mein voller Name nicht so hübsch ist?

Ich bedankte mich für das Kompliment zu meinem Namen und wollte eigentlich schon den Chat verlassen, da legte er erst richtig los.

„Verzeihen sie mir die Notfallanfrage, nur dass ich in meinem Konto nach unten gescrollt habe, als ich auf ihr Profil gestoßen bin, und es hat mich wirklich dazu verleitet, mehr über Sie zu erfahren. Deshalb habe ich Ihnen eine Freundschaftsanfrage gesendet, okay?"

Klingt logisch, dachte ich und perfekt ausgedrückt. Vielleicht doch kein Scammer und ausnahmsweise ein ehrlicher Mensch, der genauso neugierig auf anderen Menschen ist wie ich.

Ich schrieb ein vorsichtiges „Okay."

Und dann legte er richtig los: „Ich bin Witwer mit einer Tochter, ich habe meine Frau verloren, als ich meine einzige Tochter zur Welt brachte. Und sind Sie verheiratet?"

Ich dachte, aus welchem Land kommt er denn, wo Männer Kinder kriegen und Frauen daran sterben?

Ich antworte, dass ich verheiratet bin und schon einige Enkel habe. In der Hoffnung das schreckt ab.

Dann antwortete ich erst mal nicht weiter. Draußen fing es an zu schneien, meine Katze machte mir den Sessel streitig und im Fernsehen liefen Lieder zum Advent. Nach dem letzten Kontakt war ich mir nicht schlüssig, ob am anderen Ende jemand war, der ehrlich reden wollte. Im Fernsehen erklangt " Oh du Fröhliche", da erreichten mich 2 Fragezeichen und ein Hallo bist du da.

„Hallo", sagte mein Gegenüber, " ich bin Soldat, ein General des schwedischen Marinekorps. Ich bin derzeit im Irak für eine friedenserhaltende Mission und was ist deine Aufgabe?"

Wow, wem will der den damit beeindrucken, dachte ich. Ein General. Haben die nicht Redeverbot und unterliegen der Geheimhaltung und Schweigepflicht? Und dieser gibt seine Identität gleich nach den ersten Sätzen preis?

Entweder ist das die neuste Masche, um weibliche Bekanntschaften zu schließen oder, oh nein nicht schon wieder, ein Scammer.

Ich antwortete, dass ich nicht so was Wichtiges tue, ich arbeite einfach in einer Verwaltung.

Er antwortete: „ Das ist wirklich schön."

Na, ich weiß nicht, ich habe meine Arbeit bis jetzt nicht als wirklich schön empfunden.

Ich verabschiedete mich für später. Ich muss mal meinen Kopf freibekommen. Im Fernsehen tanzten inzwischen kleine Ballett Schneeflöckchen über den Bildschirm.

Meine Katze war die Einzige, die sich dafür interessierte. Ich überlegte, ob ich mit diesem General weiter chatte. Im Grunde war ich neugierig und gespannt, was für Märchen er mir noch erzählen, wird.

Mich reizte das Spiel. Wir werfen uns gegenseitig die Bälle zu. Jeder glaubt den anderen im Griff zu haben. In Wirklichkeit weiß keiner von uns etwas über den anderen.

Er fragte mich, nach einer Weile Pingpong im Chat, ob wir uns bei Google Chat treffen können.

Ich rieb zurück: „Sowas gibt es?" Er meinte: „Ja, ist ganz einfach".

„Na", fragte ich, „was ist da anders als hier?"

Es wäre besser, kam die Antwort, man wäre dort ungestört.

„Ich überlege es mir", schrieb ich zurück.

Eigentlich hatte ich nicht die Absicht in den Chat zu gehen. Warum auch.

Im Moment hatte ich andere Sachen im Kopf. Weihnachtsgeschenke kaufen, alle Jahre wieder sagen wir, wir schenken uns nichts und alle Jahre wieder machen wir es trotzdem.

So auch dieses Jahr, zwischendurch jagt man zu Weihnachtsfeiern und betrinkt sich mit Glühwein auf dem Weihnachtsmarkt.

Bei dem ganzen Trubel hatte ich nicht mit meinem General gerechnet.

Nach einiger Zeit stellte ich fest, er war wieder da, nur nicht mehr als General.

„Hallo", schrieb er, „ich bin es Wyatt, Wyatt Jason. Ich hatte zu tun, ich war auf Patrouille."

Hä, ein General geht auf Patrouille? Zugegeben obwohl mein Vater „Soldat auf Zeit" war, verstand ich nicht wirklich viel von der Armee. Aber ein General, der auf Patrouille geht, ist selbst für Laien schwer verständlich.

Ich schrieb zurück, „Ich denke, du bist ein General mit einer Mission im Irak?"

„Nein, nein, das habe ich nicht so gemeint, war ein Übersetzungsfehler."

„Ach", konterte ich, „dann übersetz mal richtig, ich bin ganz Ohr."

Er fing an eine Geschichte zu erzählen, die so glaubhaft war wie die Märchen der Gebrüder Grimm.

Er erzählte, dass er ein schwedischer Soldat sei und in Afghanistan in einem Camp lebe. Dazu schickte er ein

Foto, der einen eher amerikanisch aussehenden Mann von Ende 30 zeigt. In einem Armeeshirt, den Finger zum Gruß an die Stirn gelegt. Das bin ich, stand darunter.

„Oh", sagte ich, „ guten Tag Soldat. Sehr interessant dein Bild. Und du bist in einem Camp in Afghanistan? Aber soviel ich weiß, wurden alle Soldaten und Zivilpersonen dort abgezogen. Dort wütet jetzt der Taliban Terror."

„Nein, nein", antwortete er. Sie wären eine private Firma und müssten was überwachen. Sie würden für die UN arbeiten. Das Foto hätte er nicht schicken dürfe, Fotos und Videos seien verboten. „Oh" schrieb ich und verabschiedete mich mit bis bald, nicht ohne ein aktuelles Bild von mir zu schicken. Zur Abschreckung.

Es kam ein „Wow", zurück. „Du bist aber schön!"

Jetzt reichte es mir und ich verabschiedete mich in den Abend.

Am nächsten Tag erzählte er mir, dass er wieder auf Patrouille war und wir das Reden unbedingt trainieren sollten. Ich sagte ihm, dass ich genau darin mich eigentlich fit fühle.

Nach einigen belanglosen hin und her, lies er endlich die Katze aus dem Sack.

Er möchte gern zu Weihnachten seine Tochter sehen und bitte mich um Hilfe. Er möchte einen Urlaubsantrag stellen, er kann es aber nicht, da er die Gebühren im Moment nicht bezahlen kann. Er schulde jemanden 8000 €.

„Wow." Konnte ich nur antworten. Und dachte, alles klar Scammeralarm und dann schrieb ich, dass ich das auf keinem Fall glauben kann.

Er beteuerte das alles stimmt, er ist wirklich Schwede und seine Tochter ist in England im Internat. Er möchte sie gerne sehen zu Weihnachten. Sie wäre sehr traurig, wenn er sie nicht holen könne. Das zu eine keines Bildchen mit einem weinenden Kind. Er bat sehr eindringlich und unmissverständlich um Hilfe. Immer wieder. Ich bat ihn um eine Bedenkzeit. Ich konnte einfach nicht mehr. Ich war sichtlich überfordert.

Nun ist es so, Weihnachten ist für uns im Erzgebirge Harmonie pur oder sollte es sein. Man versucht auch mit Familienmitgliedern auszukommen, die man eigentlich das ganze Jahr gemieden hat, aus gutem Grund. Weihnachten ist eine Jahreszeit der Hilfe und Unterstützung für andere, wie Fernsehen und alle andern Medien das sehr erfolgreich kommunizieren. In Fernsehsendungen kommen Hilfeaufrufe rund um die Uhr. Und so entschloss ich mich, zu helfen. Aber anders als sich der Schwede namens Wyatt Jason sich vorstellte.

So schrieb ich eine Mail an das Büro der UN in Deutschland. Ich schrieb, dass ich von einem Wyatt Jason angeschrieben wurde und dieser angeblich im Auftrag der UN im Irak oder Afghanistan in „Geheimer Mission" unterwegs ist und in einem Camp lebt.

Er möchte einen Urlaubsantrag stellen und könnte die Gebühren nicht zahlen, das sollte ich übernehmen. So schrieb ich auch, dass ich diesen Quatsch nicht glaube.

Es dauerte keine 2 Stunden und ich bekam schon eine Antwort. Achtung Betrugsmasche! Stand da, und dann schrieb man: Vielen Dank für ihre Nachricht. Vielen Dank das Sie sich so vertrauensvoll an uns gewendet haben. Wir erhalten viele ähnliche Anfragen und wir können nur abraten Geld zu überweisen. Es handelt sich um eine Betrugsmasche. Wir haben keine Mitarbeiter im Irak oder Afghanistan. Und unsere Mitarbeiter müssen auch keine Gebühr für einen Urlaubsantrag zahlen.

So nun hatte ich es Schwarz auf Weis. Er ist ein Scammer, der versucht andere zu betrügen. Meine Gefühle fuhren Achterbahn. Einmal stieg wieder die Wut in mir auf, zum anderen hatte ich das Gefühl, das am anderen Ende des Chats ein Mensch saß, der wirklich Hilfe braucht.

Ich saß zu Hause auf meinem Sofa, streichelte meine Katze in Gedanken versunken. Diese hatte von mir genug, was sie mit einen deutlichen Fauchen ausdrückte. Sie nahm den Sessel in Beschlag mit einem Blick, der mir sagen sollte, komm ja nicht näher.

Ich überlegte, was ich machen soll. Ich nahm das Foto, dass mir mein falscher Soldat geschickt hatte und versuchte eine Rückwärtssuche über Google. Es klappte, das Bild wurde gefunden. Allerdings hatte der Eigentümer des Fotos einen ganz anderen Namen. Er war Soldat bei der US-Armee und als solcher in Facebook, Instagram und Tiktok unterwegs. Seine Fotos, die er alle gepostet hatte, erkannte ich im Profil meines Wyatt Jason. Oh so ein Lügner und Betrüger dachte ich. Es gab auch ein Schreiben des Kommandeurs des Besitzers der Bilder. Er schrieb, man sollte den US Soldaten und seine Familie in Ruhe lassen. Wer sich in ihn verliebt hat und Problem damit hat, sollte einen Psychologen einschalten.

Wow, nicht nur Frauen waren die betrogenen, auch die Besitzer der tatsächlichen Bilder und Accounts. In mir kam ein Gefühl zwischen Wut und Mitleid hoch. Mitleid mit dem eigentlichen Soldaten der US Armee, Wut und gleichzeitig Mitleid mit dem falschen Soldaten, der mir alles Mögliche vorgaukelte.

Was soll ich tun. Ihn blocken, auf seine Schreiben im Chat nicht mehr reagiere oder meine ganze Wut rauslassen.

Es war Weihnachten, da sollte man den Menschen wohlgesonnen gegenübertreten. Neben all den Gefühlen zwischen Wut und Mitleid kam meine unersättliche Neugier wieder zum Vorschein. Ich wollte unbedingt wissen, wer sich dahinter verbirgt, wer er ist und was ihn dazu bewegt, sich auf diese Art und Weise Geld zu verdienen.

So beschloss ich, weiter zu machen, ohne auch nur im Geringsten zu ahnen auf was ich mich einließ und was für eine Lawine auf mich zurollt. Meine Neugier hatte wieder einmal gesiegt und ich stürzte mich in ein Abenteuer mit einem nicht absehbaren Ausgang.

Als so fing ich an der Sache auf den Grund zu gehen. Ich musste es geschickt und bestimmend anfangen, dem Gegenüber nicht den Hauch einer Chance lassen, so das er meine Absichten nicht durchschauen kann. Er sollte mir die Wahrheit zeigen in all seinen Facetten.

Ich wusste zu dem Zeitpunkt noch nicht, dass mir was gelingen sollte, was Ermittlern und Co. bisher nicht gelungen war, nämlich die Identität eins solchen Menschen aufzudecken.

Und so legte ich los.

4. Wie aus Wyatt Jason Uzoma wurde

Ich schrieb zunächst nur ein einfaches Hallo. Und mein Möchtegern Soldat biss sofort an.

„Hallo", schrieb er, „wie geht es dir?"

„Danke gut.", schrieb ich „und wie sieht es bei dir aus?", fragte ich scheinheilig. Er antwortete, dass er große Sorgen hat, er muss unbedingt das Camp verlassen, um zu seiner Tochter zu kommen. Aber er hat die 8000 € schulden und kann nicht. Nur ich könne ihm helfen. Es folgten weiter Beteuerungen, dass er immer ehrlich zu mir war.

Bitte helfen sie mir, ich weiß, sie sind eine gute Frau. Ich habe niemanden, der mir helfen kann. Meine Eltern sind bereits beide verstorben und Freunde habe ich keine.

„Oh", sagte ich. „Das ist ja sehr traurig."

„Ja", meinte er, „wegen der Schulden kann ich nicht an sein Konto und habe kein Geld." „Oh je", konterte ich. Gespannt darauf was jetzt gleich kommt.

Er sagte "Ich kann dir Zugang zu meinem Konto verschaffen, da siehst du, dass da Geld drauf ist und ich es dir, sobald ich die Schulden bezahlen konnte, dir zurückzahlen werde."

Ich fragte ihn, um was für eine Summe es sich handelt. Die Antwort war schockierend.

„8000", sagte er. Ich bat um Bedenkzeit. Ich musste meine Strategie neu überdenken. Zudem schaute mich meine Katze und mein Mann eindringlich an, beide hatten Hunger.

Also machte ich Abendessen und überlegte dabei, was ich antworten könnte. Beide bekamen was aus der Tüte. Die Katze ihr Futter und mein Mann Brote und eine Magginudelsuppe. Mein Mann schaute mich lange an und fragte, ob ich heute ganz bei mir bin, keine Ahnung, was ich antwortete. Mit den Gedanken war ich längst wo anders.

Ich beschloss eine Nacht drüber zu schlafen. Also ging ich ins Wohnzimmer, um mich mit fernsehen abzulenken. Sofa und Sessel waren bereits mit Zuschauern belegt. Ich quetschte mich neben meinen Mann. Das war ungefährlicher. Blacky die Katze sah auch viel friedlicher aus, wenn man ihr nicht die Sitzmöbel streitig macht.

„Na ", sagte mein Mann, "stressiger Tag heute?" Ich murmelte, geht so. Er sah mich besorgt von der Seite an.

„Ist wirklich alles in Ordnung?", fragte er. „Ja", sagte ich, „alles okay".

Im Fernsehen lief ein Weihnachtsfilm mit Tieren. Blacky war happy. Also beschlossen wir uns diesen Film zu dritt anzusehen. Nach dem ersten Viertel des Films war mein Mann eingeschlafen und meine Katze hatte es sich richtig im Sessel gemütlich gemacht. Katze müsste man sein, dachte ich. Aber ich hatte mich nun mal selbst in diese Patrouille gebracht. Und musste nun überlegen, wie ich da wieder rauskam. Vielleicht sollte ich es wie beim falschen Bauingenieur machen. Einfach abbrechen. Aber wollte ich das? Ich wollte doch wissen wer oder was dahintersteckt. Den Grund erforschen und meine Neugier befriedigen. Während im Fernsehen wieder mal, wie bei Weihnachtsfilmen üblich, die Liebe über alles siegte, wurde mir klar, dass ich anfangen musste mit offenen Karten zu spielen, wenn ich was erreichen wollte. Mit dem Gedanken mich zu outen und dem Möchtegern Soldaten mit Namen Wyatt Jason, eine Lektion in puncto Wahrheit zu erteilen, legte ich mich ins Bett. Wiedererwarten schlief ich auch gleich ein.

Am nächsten Nachmittag ging ich bewaffnet mit ein Stück Stollen und einer Tasse Kaffee ins Netz und sucht den Chat von Wyatt auf. Der hatte wahrscheinlich schon auf mich gewartet und bereits am Morgen geschrieben.

Er schrieb: „Hallo, ich bin jetzt hier." Ich antwortete, „hab schon gesehen." Nach einem kurzen „Okay" folgte die Frage „Wie war dein Tag"? „Gut", sagte ich, „Danke der Frage."

Dann kam ein „Ich bin hier Schatz und du weißt genau, wie es mir geht, bitte ich brauche wirklich deine Unterstützung, glaub mir ich bin wirklich ehrlich zu dir."

Schatz? Ich dachte, hoppla wann bin ich das denn geworden? Ah dachte ich weiter, er versucht es auf dieser Schiene.

Meine Antwort war kurz, knapp und direkt. Ich ging zum Frontalangriff über. „Ehrlich?" Fragte ich. „Wenn du ehrlich wärst, würdest du mir keine fake Bilder schicken. Du weißt ja auch, wie ich aussehe. Du lügst."

Er konterte: „Schatz, ich bin sehr süß, ohne gefälschte Bilder". Oh dachte ich, jetzt wird es interessant. Zum ersten Mal gab er zu gelogen zu haben. Zum ersten Mal sprach er von gefälschten Bildern. Ich hatte ihn, dachte ich. Jetzt ist er fällig und ich werde mich für all die betrogenen Frauen rechnen. Ja aber eigentlich, war es mein Ego, was angekratzt war.

Aber Rache? Mal sehen was noch kommt, dachte ich. Er wird nervös und ich werde ihn heute kriegen. Vor Aufregung stoppte ich mir das ganze Stück Stollen in den Mund. Meine Katze wollte unbedingt mitmachen und legt sich quer auf die Tastatur. Ich versuchte sie runter zu schubsen, was sie mit kratzen und fauchen honorierte. Blacky, sagte ich, nicht jetzt. Sie trollte sich beleidigt Richtung Sessel und sah mich von dort wütend an.

„Glaube mir", kam eine flehende Anfrage, „ich bin wirklich ehrlich zu dir und ich bin wirklich ein süßer". „Oh ja," raunte ich zurück, „das ist mein Mann, auch wenn er was will". Ich merkte, wie in meiner Magengegend langsam meine Wut wieder hochkam. Nicht jetzt dachte ich, du musst klar denken.

Dann kam ein englischer Satz, wahrscheinlich hatte er vor Aufregung die Übersetzung vergessen. Er schrieb: „I have shown you tehe real me and you have seen may true identtiy: „Dann kam die Übersetzung, „Ich habe dir mein wahres Ich gezeigt und du hast meine wahre Identität gesehen."

Ich schrieb zurück, „Leider nein!" Nach einer Weile, ich dachte schon, das war's, schrieb er wieder: „Es ist wahr, okay sag mir, wie du willst, dass ich dir mein wahres Selbst beweise, ich werde genau das tun. Wenn sie wirklich das Herz der Menschheit haben, werden Sie sehen, dass ich jetzt sehr ehrlich bin. Bitte bleib da."

So dachte ich, ehrlich bist du ja? Das glaubst du doch selbst nicht. Aber irgendwie klangen die Worte sehr kläglich. Und Mitleid statt Wut kam in mir hoch.

Trotzdem wollte ich jetzt zum Frontalangriff übergehen. Jetzt oder nie dachte ich.

Ich schrieb zurück: „Ich weiß doch das du, wie sagt man, ein Scammer bist. Das ist dein wahres Ich. Leider. Aber du redest süß. Ich habe bestimmt ein Herz, aber das kann man nicht unendlich strapazieren." So, die Katze war aus dem Sack. Meine Katze lag wieder auf der Tastatur und lies sich diesmal nicht abschütteln. Ich schob sie etwas zur Seite, damit ich den Bildschirm sehen konnte. Ich war gespannt, was er jetzt schreiben würde.

Nach gefühlt 10 Minuten kam die Antwort: „Ich bin jetzt sehr ehrlich zu Ihnen und ich sage Ihnen wirklich die

Wahrheit, es sind die Umstände um mich herum, die mich dazu veranlasst haben, ihre Hilfe zu suchen und ich gebe Ihnen mein Wort, dass ich es Ihnen zurückzahlen werde."

„Die Umstände?" Fragte ich zurück. Ich bin gespannt wann er mir, was über die wahren Umstände erzählen will. „Wer oder was bist du wirklich?" Fragte ich weiter.

Und dann kam ein langer Text mit Beteuerungen und flehenden Bitten. Er schrieb:

„Die Dinge sind jetzt wirklich schwer für mich und ich habe wirklich 8000 Euro Schulden. Bitte helfen Sie mir jetzt, wenn Sie wirklich wollen, ich mache ehrlichgesagt viel durch, ich kann Ihnen versichern, dass ich Sie nicht enttäuschen und es ihnen zurückzahlen werde. Bitte kannst du die Überweisung jetzt in deiner Freizeit machen, damit ich dich nicht mehr damit belästigen muss und wir über etwas anderes reden, Liebes. Bitte (mit 3 gefalteten bittenden Händen). Bitte helfen Sie mir, meinen Kopf freizubekommen, damit wir dies ein für alle Mal tun können und ich werde für immer dankbar sein."

Wow, das musste ich mal verdauen. Erst Sie, dann du und dann Liebling. Ich war erstaunt, was ich alles für den Scammer war.

Um Zeit zu gewinnen, schrieb ich: „Das geht nun gerade nicht. Ich kenne dich nicht und hab den Eindruck, du lügst mich an."

Er konterte etwas verschnupft mit den Worten: „Du denkst, es ist nicht möglich, weil du mir nicht unter die Arme greifen willst. Ich würde dir helfen, wenn du derjenige wärst, der in den harten Umständen gefangen wäre, die ich jetzt durchmache, es ist völliger Hohn, wenn du weiterredest ohne die Absicht mir zu helfen."

Dann kam noch ein kurzes „Schatz bitte".

Ich war wütend, aufgeregt und auch voller Mitleid. Meine Gefühle fuhren gerade Achterbahn und ich hatte keine Worte. Ich dachte, du musst ihm zeigen, dass du ihm keine seiner Worte glaubst. Aber wie. Meine Katze drehte sich und regelte sich auf der Tastatur. Da ich sie, in gedankenversunken nicht streichelte, trollte sie sich mit einem Miau davon und überlies mir den Laptop.

Ich fing vorsichtig mit der Frage an: „Helfen? Wobei bitte und wem, ich weiß immer noch nicht, wer sie sind". Es kam ein „Hallo?" zurück. Ich schrieb weiter: „Ich weiß immer noch nicht wer oder was du bist, und deiner Geschichte kann ich nicht glauben, niemand überweist einem völlig unbekannten Geld, niemand!"

Es kam eine Antwort mit Foto.

„Schatz sag mir genau, was du über mich wissen möchtest und ich werde dir antworten".

Das Foto war jetzt nicht mit dem mir bereits bekannten US-Soldaten. Sondern es war ein älterer Mann, arabischer Herkunft, der angeschnallt in einem Auto sitzt. Sollte das mein Gegenüber sein? Ich konnte es nicht glauben. Ein Araber im schicken Auto? Nein, das war wieder eine Lüge, dachte ich. Der würde nie hier in Deutschland nach Geld fragen, niemals ist er das. Und so schrieb ich zurück: „Ich will alles wissen und zwar die Wahrheit. Wer bist du, woher bist du und was bist du. Ehrlich und keine Lügen mehr".

Mein Mann kam ins Wohnzimmer und fragte nach Tee und Stollen, ich sagte, mach ich gleich und schloss den Chat. Es kamen keine Nachrichten mehr an diesem Tag. Ich dachte, ich hatte meine Scammer vergrault und er würde sich nicht mehr melden.

Ich ging mit meinem Mann an die frische Luft. Ab Montag habe ich Urlaub, dachte ich, da kann ich die Weihnachtsvorbereitungen abschließen. Mein Mann fragte besorgt, kommen wieder alle auf einmal? Ich sagte, nein, hab sie verteilt auf 2 Tage. Dann sagte er, sind wir nicht in dem Alter, wo wir von den Kindern eingeladen werden? Stattdessen spielt sich immer alles bei uns ab. Ich sagte ihm, dass er froh sein sollte, dass wir so gefragt sind. In anderen Familien gibt es Weihnachten immer streit. Nun so gesehen haben wir 8 Enkel. Ich hatte selbige letztes Weihnachten alle auf einmal da. Das Experiment ging voll daneben. Und so beschlossen wir, die Familien mit unseren Enkeln getrennt einzuladen.

Besonders die bayrischen Zwillinge sind nicht ohne. Sie lassen sich immer was einfallen und hinterlassen regelmäßig ein Schlachtfeld. Mein Mann freut sich, wenn die Jungs kommen, aber freut sich, auch wenn sie wieder weg sind und Ruhe einkehrt. Das Aufräumen bleibt meist an mir kleben. Im Sommer hatten die Jungs in unseren Bäumen alpines Klettern geübt. Sie hatten sich Bauhelme aus der Garage meines Mannes aufgesetzt und Seile irgendwo entwendet. Damit stiegen beide auf einen ziemlich hohen Kastanienbaum. Als wir es bemerkten, probten sie gerade den Abstieg. Zum Glück hatten sie die Helme auf. Ein Gummistiefel hing noch am Baum. Die Standpauke kam vom aufgeregten Papa, meinem Schwiegersohn. Mein Mann sammelte lächelnd die Utensilien ein und sagte, es sind halt Jungs. Kurz darauf versuchten sie unseren Rasentraktor zu starten, das war dann meinem Mann auch Zuviel und die beiden mussten rein. Zur Erholung wurde ein Märchen im Fernsehen eingeschalte und die Jungs davorgesetzt. So konnten wir Erwachsen uns ein wenig ausruhen.

Es kam der Sonntag, der 4. Advent, mein Scammer hatte sich nicht gemeldet. Ich startete einen Versuch. Ich schickte ein Bildchen mit einem Gruß zum 4. Advent.

Am nächsten Morgen, meinem ersten Urlaubstag erhielt ich ein vorsichtiges: „Hallo, guten Morgen (mit einer Rose)" und die Frage „Wie war die Nacht".

Ich antwortete: „Keine Ahnung wie die Nacht war, ich habe geschlafen".

Er antwortet: „Du bist heute lustig." Ich fauchte zurück und wie wärst den mal mit der Wahrheit. Vielleicht hilft dir dann jemand!"

Es herrschte eine Weile Ruhe und ich ging zu meinem Tagesgeschäft über. Der Tannenbaum wurde geliefert. Amazon überschlug sich mit Paketsendungen. Alles musste ausgepackt und wieder hübsch eingepackt werden. Namensschildchen Inklusive.

Während mein Mann mit dem Tannenbaum kämpfte und meine Katze am Überlegen war, wie sie am besten selbigen erklimmen kann, machte ich Kaffee und schaute in den Chat, um zu prüfen, ob jemand dort war. An dem Tag blieb es ruhig und ich erledigte meine Hausarbeit. Allerdings ging mir mein falscher Soldat Wyatt nicht aus den Kopf.

Am nächsten Tag dann kam ein:

„Hallo" und ein „bist du da?" Ich schrieb „Ja, bin da"

Dann schrieb er: „Ich möchte, dass du bleibst und nicht weggehst. Ich will dir auch die Wahrheit sagen, aber nicht hier".

Wo denn dann, dacht ich. Da schrieb er wieder: „Ich möchte wirklich, dass wir uns sehr gut unterhalten und mehr voneinander erfahren, ich bitte dich um eine Whats App oder E-Mail."

Meine Antwort war von Wut geprägt, so schrieb ich: „Was glaubst du von mir, sollte ich einen Lügner wie dich wirklich meine Telefonnummer geben? Ich weiß noch immer nicht, wer du bist."

Dann kam nach einer Weile, ich hatte meine dritte Tasse Kaffee gerade getrunken und mein Mann nebst Katze hatte sich hingelegt, für eine kleine Pause, da klopfte er an mit einem: „Hallo, bist du noch da? Ich will dich nicht verlieren und deswegen habe ich gesagt schick mir deine WhatsApp-Nummer, damit wir besser reden können."

Ich antwortete „Nein!" Plötzlich erschien eine Telefonnummer im Chat und die Aussage:

„Das ist meine, damit du siehst, dass ich es diesmal ehrlich meine. Ich habe mich geändert" schrieb er.

Jetzt hat er mich sprachlos gemacht. Mit seiner Telefonnummer gab er seine Identität preis. Wollte er diesmal wirklich ehrlich sein oder war so sehr unter Bedrängnis geraten, dass er nicht mehr wusste, was er machen sollte? Ich nahm die Telefonnummer und fragte wieder Dr. Google, mein Alleswisser und Helfer in allen Lebenslagen.

Über die Rückwärtssuche kam ich auf Nigeria, die Länder Vorwahl hatte ich damit. Mehr war allerdings nicht rauszubekommen. Leider.

So schrieb ich: „Du willst wirklich mir ehrlich sagen, wer du bist?" Er antwortet mit einem „Ja." Dann schrieb ich weiter: „Du kommst aus Nigeria richtig?"

Er antwortet wieder mit „Ja."

Dan schrieb er: „Ich will ehrlich sein zu dir, ich habe mich geändert. Ich bin ein armer Junge aus Nigeria. Ich habe nichts, nur dich, bitte geh nicht."

Oh auf was hatte ich mich da eingelassen und das kurz vor Weihnachten. Irgendwie tat er mir leid. Er versuchte mit allen Mitteln den Kontakt zu halten. Es klang nach

Verzweiflung. Während meine Katze die Weihnachtskugeln am Tannenbaum bespielte und mein Mann mit der Beleuchtung kämpfte, versuchte ich mir klar zu machen, wie es weitergehen sollte. Gab ich ihm meine Nummer, dann gab es kein Zurück mehr. Ich musste herausfinden, mit wem ich es zu tun hatte und ob seine letzten Aussagen stimmten. Ich schrieb nebenbei, dass ich es mir überlegen werde und mich heute Abend bei ihm melden würde. Es kam ein kurzes „Okay" mit einer bittenden Hand zurück.

Also schmückte ich meinen Tannenbaum weiter und sperrte die Katze in die Küche, bis zu mindestens die etwas wertvolleren Kugeln, sicher oben am Baum angebracht waren.

Mein Mann fragte mich, ob ich mal wieder vom Handy zu Realität zurückkehre und mich den gegenwärtigen Problemen zuwenden würde. Welche da waren, dass die Spitze für den Baum nicht zu finden war. Also ersetzte ich sie mit einem Stern aus früheren Zeiten. Das sah nicht mal schlecht aus und passte zu den Kugeln in Rot und Gold. Lametta war seit der Wende abgeschafft. So bekam der Baum mit verschiedenen glitzernden Kugeln in Rot und Gold sein wunderschönes aussehen. Als wir fertig waren, betrachteten wir uns Werk und waren zufrieden. Unsere Katze, Blacky, nahm wie jedes Jahr ihren Platz unter dem Baum ein und testete die Standhaftigkeit der Kugeln im unteren Bereich.

Zum Abendessen war ich wiederum in Gedanken versunken und merkte daher nicht, das Blacky neben mir auf dem leeren Stuhl Platz nahm. Ihre Nasenlöcher nahmen den Duft lecker Wurst war, die ich auf ein Tablett hübsch angerichtet hatte. Langsam fast in Zeitlupe bewegt sie ihre Pfote Richtung Wurstplatte. Mein Mann versuchte gerade die Salami in Scheiben zu schneiden, da spießte Blacky eine Scheibe Leberkäse mit ihrer Kralle an und zog sie zu sich. Dort blieb sie eine Weile liegen und Blacky tat so, als wäre sie ganz unbeteiligt an der Sache, um dann blitzschnell mit der Jagdbeute zu verschwinden. Ich hörte meinen Mann nur laut „Blacky!" rufen, aber es war zu spät.

„Verdammt!", rief er, „sie saß neben dir, hast du das nicht bemerkt?" „Nein" war meine Antwort. „Du träumst mit offenen Augen" schimpfte mein Mann. Womit er auch recht hatte. Er ahnte ja nicht, was in mir vorging. Ich war kurz davor die Identität eines Scammer aufzudecken. Ich war weitergekommen als so mancher Ermittler. Aber mir war nicht ganz wohl dabei. Was wenn es gefährlich werden könnte, da er ja dann auch meine komplette Identität kennt. Was wenn es wirklich ein armer nigerianischer Junge war, der aus der Armut heraus versucht, sich und seine Familie zu ernähren. Kann ich dann einfach aufhören, mit ihm zu chatten und ihn dann allein lassen? Bin ich dann verantwortlich für ihn? Wie sollte ich mich verhalten, mit wem kann ich darüber reden?

Alles Fragen deren Beantwortung mehr als offen sind. Ich zwinge jemanden, der vielleicht aus Armut handelt, seine Identität preiszugeben. Meine Neugier wird befriedigt und was dann? Wie geht es weiter. Ich kann dann doch nicht einfach wieder zur Tagesordnung übergehen. Ich war ziemlich ratlos. Ich stopfte alles Geschirr in meine Spülmaschine. Blacky füllte ich den Futternapf. Sie roch nur kurz dran und ging dann wieder. Schließlich hatte sie schon was Besseres gehabt, unsere Wurst.

Ich nahm mein Handy und setzte mich auf das Sofa, den Sessel lies ich frei, aus gutem Grund. Dann schrieb ich: „Hallo, wer auch immer du bist, ich gebe dir meine

Handynummer, unter folgenden Bedingungen. Erstens, du sagst mir ab sofort die Wahrheit und lügst mich nie wieder an. Zweitens, wirst du mir alles erzählen, was wirklich los ist, mit dir und wer du in Wirklichkeit bist. Und drittens wir verabreden uns zu einem Videogespräch über WhatsApp. Wenn du zustimmst, gebe ich dir meine Nummer."

Uff, ich saß da und wartet auf eine Antwort. Im Fernsehen liefen Weihnachtsfilme rund um die Uhr. Eine Spendenaktion für hungernde Kinder wurde eingeblendet. Wie passend.

Um mir die Zeit zu vertreiben fing ich an meinem Tannenbau zu fotografieren. Er war schön geworden und ich war richtig stolz. Blacky lief schnell an mir vorbei, Richtung Sessel. Sie hatte definitiv keine Lust auf Fotos. Ich machte ein paar Bilder und gestallte diese mit dem Programm auf Instagram. Fügte Musik hinzu und postet es. Meine Freundesliste war inzwischen auf eine beachtliche Anzahl junger knackiger Männer angewachsen. Aber ich hatte keine Zeit mich damit zu beschäftigen.

Dann schrieb mein Wyatt wider auf Instagram. Er schrieb: Hallo, bist du da? Ich will dich nicht verlieren. Du bist das Einzige was mir geblieben ist. Bitte geh nicht weg. Ich stimme allen zu, ich bin damit einverstanden. Ich fragte noch mal nach: „Wirst du mir auch sagen, wer du bist?" „Ja", sagte er. „Das werde ich".

Dann schrieb ich, hier ist meine Handynummer, beachte bitte die Vorwahl von Deutschland 049.

Nach einer Weile erhielt ich auf WhatsApp ein „Hallo ich bin es". Ich fragte: „Wyatt?" „Ja" war die Antwort. Dann schrieb ich: „Ich bin Rosi und Du?" Dann Kam die Antwort:

„Uzoma, Uzoma Godspower".

„Oh", sagte ich, „so einen Namen habe ich noch nicht gehört". „Heißt du wirklich so?"

„Ja", sagte er. „Ich lüge dich nicht mehr an, das habe ich versprochen."

„Wo kommst Du her?" fragte ich.

„Aus Owerri, Nigeria."

Ich googelte gleich los und fand den Ort auch.

Es war zwar schon spät, aber mir war es egal, ich wollte den jungen Mann sehen und endlich wissen wer oder was er ist.

Also schrieb ich: „Willst du mich per Video anrufen, willst du mich sehen". Ich wartete. Dann klingelte es und da war er. Ich war erschrocken, wie jung er noch war. Ich schätze ihn auf Anfang/Mitte 20, auf keinen Fall älter. Schwarz, kleine krause Haare, verlegende dunkelbraun leuchtende Augen. Die Lippen waren Dunkel und breit. Ein typisch afrikanischer Junge dachte ich. Die Kleidung mehr als einfach. Da stand er, ängstlich, verlegen und konnte mir nicht wirklich in die Augen schauen.

„Hallo", sagte ich mehr Deutsch als englisch. „Hallo" kam eine tiefe männliche Stimme zurück.

„Du bist Uzoma?", fragte ich auf schlechten Englisch. Und er nickte mir zu. Dabei versucht er zu lächeln. Aber so richtig gelang es ihm nicht.

Da war er mein Scammer. Und ich war nicht vorbereitet. Ich wollte so sehr wissen, wer er ist, so sehr, dass ich vergaß, das ich ja gar kein Englisch konnte. Russisch hatten wir in der Schule. Da vielen mir auch alle Fragen auf Russisch sofort ein. Aber Englisch. Wie sollte ich mich jetzt mit ihm unterhalten. Er blickte zu Boden wie meine Enkel, wenn man sie bei einer verbotenen Tat erwischt hatte.

Ich nahm all meine Kenntnisse zusammen und sagte auf Englisch mit sächsischem Akzent, Uzoma, danke, dass du den Mut hattest, mir in die Augen zu sehen. Den Text lass ich bei Google ab, wo ich den Übersetzer Deutsch – Englisch aufgerufen hatte. Dabei versuchte ich so freundlich wie möglich auszusehen. Wahrscheinlich mit Erfolg. Denn er fing an zu lächeln. Er sagte auf Englisch, ich wäre eine schöne Frau und so gut. Noch niemand wäre je so freundlich zu ihm gewesen. Er trampelte von einem Bein auf das andere. Er war sichtlich nervös. Und ich war aufgeregt.

Er sah mehr verängstigt als mutig aus und blickte immer wieder zurück. Ein paar Blicke von seinem Umfeld konnte ich noch erhaschen. Es sah eher trostlos aus. Ein Gebäude, ich will es nicht als Haus bezeichnen mit Wellblechdach, dass eher einer alten baufälligen DDR-Garage glich, als einem Wohnhaus. Da stand er nun da, nervös, ängstlich bemitleidenswert, ein junger Mann von Anfang 20. Ich konnte ihn doch nicht einfach so stehen lassen. Was sollte ich tun? Alles abbrechen? Er vertraute mir, der Großmutter. Konnte ich sein Vertrauen einfach so missbrauchen und sagen Danke das war es? Sicher hatte es viel Mut gebraucht, um diesen Schritt zu gehen. Ich hätte die Polizei rufen können, ihn anzeigen. Das wusste er genau. Trotzdem hat er angerufen. Aber wollte ich das?

Er vertraute mir. Also sagte ich, mit mehr oder weniger schlechten Englisch: „Uzoma, ich versuch dir zu vertrauen. Aber unter einer Bedingung, lüg mich bitte nicht wieder an, nie wieder."

Er sah mich mit seinen großen braunen Augen an und fragte: „Du kommst doch wieder hier her ja?" Ich sagte „Ja" und schob ein „aber keine Lügen" hinterher.

Er sagte, dass er sich ändern möchte, fast weinerlich fragte er: „Kommst du?"

Also verabredeten wir uns für den nächsten Tag auf WhatsApp und wünschten uns gegenseitig eine gute Nacht. Er schickte mir auf WhatsApp noch ein Herz. Wahrscheinlich aus Verlegenheit, weil er wohl auch nicht richtig wusste, wie er mit der Situation umgehen sollte.

Ich für meinen Teil war sichtlich überfordert.

Uzoma outet sich

5. Uzoma und ich – der Beginn einer Internetfreundschaft

Noch 3 Tage bis Weihnachten. Stress pur. Die letzten bei Amazon bestellten Geschenke mussten verpackt werden. Und der Einkaufsmarathon ging los, Fleischer, Aldi, Lidl und Co. Dann wurde alles nach Hause gefahren, im Kühlschrank verstaut. Anschließend setzten wir uns erschöpft hin. Das einzige Familienmitglied, das entspannt in die Sonne blinzelte, war unsere Katze. Sie lag wie gewohnt unter dem Tannenbaum und sah uns beim Hin und Her wuseln zu.

Nachdem alle Einkäufe verstaut waren, machten wir es uns auch gemütlich und versuchten uns auf dem Sofa zu entspannen. Auf mein Handy sah ich von Instagram Meldungen, dass wieder ein Junger knackigere Typ mir folgte. Ich beschloss, mein Profilbild zu ändern. Es war wahrscheinlich nicht hässlich genug.

Spät am Abend meldet sich Uzoma mit einem schüchternen „Hallo". „Wie war dein Tag", fragte er. „Stress pur", antworte ich. „Warum?" Fragte er. Ich erzähle von meinem Tag, das bald Weihnachten ist, ich für die Enkel Geschenke gekauft und verpackt habe und Einkäufe für die Feier erledigt habe. Und das unser Weihnachtsbaum fertig ist.

Er sagte, dass sie auch Weihnachten feiern, aber nur in die Kirche gehen. Sie ziehen dazu ihre beste Kleidung an, die nur für die Kirche bestimmt ist.

Da viel mir ein, das mir das bekannt vorkam. Früher, als ich noch ein Kind war, hatten wir das auch so gemacht. Es gab Kleidung für den Alltag, Kleidung für Sonntag und Kleidung für bestimmte Anlässe. Da durfte man weiße Strümpfe tragen. Mal abgesehen davon, dass diese bei mir nicht lange weis waren. Mit den Alltagssachen konnte es dir passieren, dass du mal eine gestopfte Hose oder gestopfte Strümpfe anziehen musstest. Sachen wurden damals nicht einfach weggeschmissen. Was wirklich nicht mehr ging, wurde zu Stoffbeuteln vernäht. So gesehen lebten wir ökologischer als so mancher heute. Oh wie bequem sind wir geworden. So geben wir manch gutes Stück in die Altkleidersammlung, weil wir es nur nicht mehr tragen wollen, es zurzeit nicht in ist oder wir einfach unseren Kleiderschrank leeren wollen, um neue Sachen hinein zu stopfen. Und am anderen Ende der Welt gibt es noch die Sonntags- und Kirchenkleidung.

Ich fragte Uzoma: „Was macht ihr noch zu Weihnachten, geht Ihr nur in die Kirche?"

„Ja" war die lapidare Antwort, mit einem traurigen Smiley. „Mehr machen wir nicht. Nur mit der Familie und den Nachbarn in die Kirche gehen."

„Keine Feier?", fragte ich. „Keine Feier, keine Geschenke, kein zusätzliches Essen." War die Antwort. Das könne sie sich nicht leisten, schrieb er weiter mit einem weiteren traurigen Smiley.

Ich schämte mich für meine Prahlerei. Andere hatten nichts zu essen und wir, wir hatten mehr als genug. Das meiste davon werde ich sowieso wieder einfrieren müssen, wie jedes Jahr, dachte ich.

Während ich noch so darüber nachdachte und meiner Katze den Service bot, ihr die Tür zu öffnen, damit sie sich wieder bequem unter den Tannenbaum legen konnte, kam eine weitere Nachricht.

„Hallo". Dann kam die Frage: „Kannst du mir ein Foto schicken". „Ich habe noch nie einen Baum mit Kugeln gesehen." "Kein Problem", sagte ich. Ich machte alle Lichter am Baum an, zusätzlich die andere Weihnachtsbeleuchtung und dachte noch, die Bilder dann auch gleich bei Instagram zu posten und schickte ihm die Bilder.

Nach einer langen Pause kam ein „Wow.", „Du hast es aber schön" „Danke", sagte ich. "So was Schönes habe ich noch nie gesehen."

Ich fragte ihn, ob er nicht mal Bilder von seinem Zuhause schicken kann. Es kam zunächst keine Antwort.

Dann sagte er „Das willst du nicht sehen". „Oh" schrieb ich, „ist nicht aufgeräumt?", begleitet von einem lachenden Smiley.

„Nein" war die Antwort. "Ich wohne wie ein Obdachloser".

Ich konnte nicht gleich antworten. War etwa das garagenähnliche Gebäude mit dem Blechwelldach sein Zuhause? Ich hatte mir ein Screenshot von der kurzen Videoeinblendung gemacht. Und sah mir das Foto genauer an. Es war eher ein baufälliger Schuppen, Blechwelldach drauf. Der Putz war mehr oder weniger nicht vorhanden. Am Eingang war eine löchrige Bretterholztür. Vor dem Schuppen war ein Weg, einfach festgetrampelte Erde. Daneben eine Straße, mehrspurig. Autos sah ich keine, dazu reichte der Ausschnitt nicht.

Ich schrieb zurück "Ist die Hütte mit dem Welldach deine Wohnung?" Seine Antwort kam nach einer kurzen Zeit.

„Wir wohnen dahinter in dem Haus, alle in einem Zimmer". Ich fragte „Wer ist Wir?"

„Ich, meine beiden Schwestern, mein großer Bruder und meine Mutter. Ich bin der letzte", schrieb er. „Du meinst der Jüngste" Schrieb ich zurück. „Ja" war die Antwort.

Dann fragte ich „Möchtest du mit mir darüber reden?" „Heute nicht", sagte er. „Okay", konterte ich. Wir verabschiedeten uns mit jeweils einen netten Smiley und ich schloss den Chat.

An dem Abend dachte ich noch lange an unser erstes richtiges Gespräch im Chat. Die Worte, ich lebe wie ein Obdachloser, ließen mir keine Ruhe. Ich kuschelte mich an meinen Mann. Was im Fernsehen lief, bekam ich nur in einzelne Sequenzen mit. Unsere Katze versuchte sich dazwischen zu drängeln, was ihr auch sehr gut gelang.

Ich dachte, ein junger Mann ohne Perspektive, in einem Raum mit 4 weiteren erwachsenen Personen gequetscht, vielleicht ohne Einkommen. War das der Grund, warum er als Wyatt Jason unterwegs war?

Der nächste Tag begann mit der gewohnten Hektik um die Weihnachtszeit. Stollen backen, Gänsebraten vorbereiten und die Weihnachtssoße herstellen.

Die Weinachssoße himmlisch nach einem alten Familienrezept. Eine Abwandlung der polnischen Soße mit Karpfen.

Früher wurde bei uns Heiligabend Karpfen gegessen, eben mit dieser Soße aus Fischbrühe, Pfefferkuchen, 3 Sorten Bier und Gewürzen. Aber seit dem kleinen Unfall mit einem Karpfen in der Küche hat meine Mutter das Rezept umgewandelt. Und das kam so.

Alle Jahre wieder wurde bei uns im Konsum in dem kleinen Dorf in Roden Weihnachten wie Silvester Karpfen verkauft. Also holte meine Mutter am 24.12. einen großen Karpfen. Wie damals üblich, bekam er eine mit dem Fleischklopfer auf dem Kopf und wurde in Zeitungspapier eingewickelt. Das war die ganze Betäubung. Dann ging es nach Hause. Im Netz fing der Karpfen an zu zappeln. Wir kümmerten uns aber nicht weiter darum.

Am späten Nachmittag wollte meine Mutter den Karpfen machen. Wir saßen alle in der Stube und konnten nicht erwarten, dass der Weihnachtsmann bald kam. Plötzlich schrie es in der Küche: „Verdammt, was ist das, Hilfe kommt mal einer her". Aus Neugier und aus Sicherheitsgründen kamen wir gleich alle. Meine Mutter hatte versucht unter dem laufendem Wasser den Karpfen abzuwaschen. Der wurde prompt wieder lebendig und hüpfte nun in der Küche hin und her. Mein Vater sagte nur, den müssen wir wieder einfangen. Wir versuchten es, gefühlt eine Halbestunde später, schwamm unser Weihnachtsessen vergnügt in unserer Badewanne. Meine Mutter sagte zu meinem Vater, der Horst hieß: „Horst du musst ihn fangen und schlachten". Warum ich, meinte mein Vater. „Du bist hier der Soldat mit Waffenschein", fauchte meine Mutter zurück.

„Soll ich ihn mit der Pistole erschießen?" Meinte mein Vater.

„Ich hole die Axt!" Mischte sich meine Großmutter ein. Großmutter holt immer eine Axt, ihrer Meinung nach kann man mit der Axt alles lösen, alle Probleme.

Aber so richtig wollte keiner den munteren Kerl aus der Wanne holen und schlachten. Nach einer Weile fragte mein Großvater: „Gibt es heut noch was zu essen?"

„Ja, aber kein Karpfen", antwortete mein Vater.

„Na dann trink ich eben meinen Schnaps!" Murmelte Großvater. Der Schnaps war eine echte Marke Eigenbau. Aber das ist eine andere Geschichte.

Meine Mutter rief: „Wir haben von der Schlachtung noch 10 Knackwürste in der Speisekammer. Die machen wir statt des Karpfens in die Soße".

Also wurde Wurzelgemüse geputzt und eine Gemüsebrühe bereitet. Diese wurde durch ein Sieb gegossen und in der Brühe wurde jetzt der Soßenpfefferkuchen aufgelöst. Dann wurde mit Nelken, Zimt, Zitrone, Salz und Zucker abgeschmeckt. Und abwechselnd einmal ein Glas helles Bier, dann Pilsner Bier und dann Malzbier langsam dazugegeben. Den Rest trank mein Vater, Opa hatte ja seinen Schnaps. Die Soße wurde langsam kurz zum Köcheln gebracht. Dann kamen die Würste dazu, die brachten noch das Raucharoma in die Soße. Kartoffeln und Sauerkraut dazu und fertig war unser Weihnachtsessen. Das schmeckte uns so gut, dass ab dem Tag, jedes Weihnachten dieses Gericht gekocht wurde. Wir nannten es einfach nur Weihnachtssoße. Der Karpfen wurde am nächsten Tag in den Dorfteich zurückgebracht.

Diese Tradition der Weihnachtssoße habe ich in meine Familie übernommen. Leider erweckt sie jedes Jahr wenig Begeisterung. Einzig meine Tochter isst die Soße gern. Mein Mann isst tapfer mit und die Schwiegereltern bringen jährlich aus Protest ihren Kartoffelsalat mit Würstchen mit.

Ich war gerade bei der Bierverkostung, da leuchtet mein Handy auf. Uzoma schrieb „Hallo wir haben was vergessen". Ich fragte zurück, „Was haben wir den vergessen?"

Er schrieb „Ich wünsche dir schöne Weihnachten". Daneben erschien ein kleines Bildchen mit einem Engel und einer Kerze. Ich dachte, süß das er daran gedacht hat. Also schickte ich ihm ein Bild von mir, meinem Mann und Katze Blacky mit dem Weinachsbaum als Hintergrund und wünschte ihm und seiner Familie auch ein schönes Weihnachtsfest.

Er bedankte sich und fragte, ob ich ihn nicht von unserer Feier ein paar Bilder schicken kann. Ich sagte zu, aber nur unter der Bedingung das auch er Bilder schickt. Er sagte mir, dass er das macht, aber nur von der Kirche. Wir wünschten uns alles Gute und verabredeten uns bis zum nächsten Tag.

Ich dachte so bei mir, wie schrecklich muss er wohnen, wenn er es nicht zeigen will.

6. Ich, Uzoma und die Feiertage

Ein typischer Weihnachtsmorgen, der 1 Weihnachtsfeiertag. Frühlingshaftes Wetter, die Vögel zwitscherten schon und während im Wohnzimmer der Tannenbaum leuchtet, spazierte unsere Katze über eine grüne Wiese mit frischem Gras. Als Kind, dachte ich, hatten wir noch Schnee und es war kalt. Da freute man sich Weihnachten über einen Schlitten. Aber auch die Weihnachtsgeschenke passten sich mehr und mehr dem Klimawandel an. Also gab es für meine drei Münchner Enkel Skatbords zu Weihnachten. Tochter, Schwiegersohn nebst den 3 Kindern reisten pünktlich zum Mittagessen an. Und wie in allen deutschen Familien gab es Gänsebraten. Unsere Gans war etwas mutiert. Sie besaß zusätzlich 4 Beine. Das ist der Tatsache geschuldet, da alle nur Keulen wollen. Die Zwillinge hatten jeder eine auf der Hand und verschlangen sie genüsslich. Dazu gab es handgemachte Thüringer Klöße und Rotkraut.

Nach dem Essen wurden die Kids zu einer der ständig laufenden Märchensendungen auf dem Sofa geparkt, während wir versuchten, das Küchenchaos zu beheben.

Dann ging sie los, die Bescherung für die Kinder und die Erwachsenen. Es gab reichlich, obwohl wir uns ja nichts schenken wollten. Nach dem Kaffeetrinken mit selbst gebackenen Stollen wurden die Skateboards gleich ausprobiert, natürlich in der Wohnung. Wo auch sonst. Meinem Mann wurde es zu lebhaft und er versuchte sich im Arbeitszimmer zu verstecken. Was aussichtslos war, da die Zwillinge bereits neue Ideen hatten, ihn zu beschäftigen.

Sie hatten in einem sächsisch-bayrischen Dialekt irgendetwas ausgeheckt und wollten nun vorsichtshalber ihren Großvater mit ins Boot holen. Es ist immer Vorsicht geboten, wenn die Zwillinge so ein kauderwelsch sprechen, den keiner verstehen kann außer die beiden. Meistens kommt es dann zu irgendeiner Katastrophe. Von unser Katze Blacky fehlte jede Spur. Sie hatte sich wie bei Besuch immer, in ihr Geheimversteck zurückgezogen. Nach einem turbulenten Nachmittag beschlossen wir, das Abendessen ausfallen zu lassen. Zum einen hatten sich die Kids mit Schokolade vollgestopft und zum anderen hatten wir eigentlich auch keinen Hunger. Nachdem die Kinder im Bett waren und Gott sei dank auch schliefen, gingen wir nach einem oder auch zwei Gläschen Sekt schlafen.

Mein Mann Atmende auf, als er am nächsten Tag das Tor öffnete und das Auto nebst Zwillinge unsern Hof verließ. „Geschafft", sagte er. „Wann hatten sie gesagt, kommen sie wieder? Ich hoffe nicht vor Ostern!" Dann verschwand er in der Garage. Seinen ausgesprochenen Erholungsort.

Während ich nun versuchte meine Wohnung wieder in Normalzustand zu versetzten, schaute ich auf meinem Handy. Dort sah ich eine Botschaft von Uzoma.

„Hast du mich vergessen?" stand da. Ich schrieb ihn zurück, dass ich ihn nicht vergessen hatte. Er war gleich online und fragte ob ich Bilder habe. Ich schickte ihn ein paar Fotos. Nach einer Weile schrieb er, die Kinder sind so niedlich. Ich schrieb ja, aber sehr speziell. „Warum" war dann die logische Frage von Uzoma. Ich erzählte ihm von den Zwillingen und wie sie mit ihren neuen Skateboards unsere Wohnung unsicher gemacht haben.

Dann fragte er zurück: „Ist das immer so lustig bei euch?" Ich schrieb mit einem lächelnden Smiley zurück. Ich sagte ihm, dass es meistens so ist, aber auch nicht immer. Dann schrieb er „Ihr lächelt alle und seid fröhlich, ich mag dein lächeln."

„Oh" schrieb ich „lächelst du nicht?" „Selten" war die kurze Antwort.

Dann fragte er, „was machst du gerade". Ich putze, schrieb ich zurück. Dazu habe ich einen kleinen Helfer zu Weihnachten bekommen.

„Einen Helfer?", fragte er. „Ja", war meine Antwort. „Kannst du mir ihn zeigen?"

„Ja, warte einen Moment", schrieb ich.

Nun hatte ich zu Weihnachten von meinem Mann einen Saugroboter geschenkt bekommen. Ein lustiges Gerät sollte meinen Staubsauger ersetzen. Ich nannte ihn Horst als Erinnerung an meinem Vater. Horst fuhr also vollautomatisch in meinem Wohnzimmer hin und her, während meine Katze auf dem Fensterstock ihn misstrauisch betrachtete.

Ich schaltete meine Handykamera ein und folgte Horst bei der Fahrt quer durchs Wohnzimmer. Dann schickte ich das Video an Uzoma.

Nach einer Weile kam die Antwort von Uzoma. „Hallo!" schrieb er, „wow so was habe ich noch nie gesehen, ich habe es mir schon zweimal angeschaut". „Damit macht ihr in Deutschland sauber?"

Ich antwortete, mit ja, in so manchen Familien aber nicht überall.

„Darf ich es meiner Mutter und dem Nachbarn zeigen?" Ich antwortete wieder mit einem ja. Dann fragte er: „Auch dein Bild". Ich antwortete wieder mit ja und der Bitte nun auch seine versprochenen Bilder zu schicken.

„Ich bin gleich wieder da", schrieb er etwas aufgeregt mit einem lachenden Smiley.

Mein Mann hatte sich gerade nach einem ausgiebigen Mittagessen hingelegt und unsere Katze lag neben ihn auf meinem Bett. Ich machte es mir auf dem Sofa bequem, da mein Bett ja belegt war und war bereit ein Märchen Marathon über mich ergehen zu lassen. Da kamen mehrere Nachrichten in Form von Bildern und einem Video von Uzoma.

Das eine Bild trug die Unterschrift, das bin ich Uzoma, auf den Weg zur Kirche. Auf dem Bild sah man einen jungen schwarzen Mann, der schüchtern zur Seite blickte, als wäre er Kamera scheu. In der Hand hielt er ein Handy. Seine Kleidung war einfach, aber sauber. Er trug ein weißes T-Shirt mit blauer Aufschrift und eine dunkelgraue und dünne Stoffhose, dazu Flip-Flops. Er lehnte an einer gelb getünchten Mauer und sah etwas verloren aus. Er war von kräftiger Statur und geschätzte 1,70 bis 175 m groß, im Verhältnis zur Mauer. Hei dachte ich, ein großer Bursche, altersmäßig würde ich ihn zwischen 20 und 25 Jahren einschätzen.

Uzoma vor seiner Kirche

Das zweite Bild zeigte eine Frau, meine Mutter stand unter dem Bild. Sie sah nicht sehr afrikanisch aus. Hatte eine schlanke lange Nase, die Augenbraun waren braun nachgezogen, die Augenlider leicht hell Lila eingefärbt. Der Mund in der gleichen Farbe nachgezogen. Sie trug halblanges Haar, rötlich schimmernd. Bei genauerem Hinsehen, konnte man einen Perückenansatz erkennen. Auch sie war mit einem weißen T-Shirt bekleidet, das mit einer lila schwarzen Blume bedruckt war. Vom Alter her schien sie Jünger zu sein als ich.

Und nun das Video. Das wiederum war eine kurze Sequenz aus der Kirche. Männer und Frauen saßen auf Holzbänke aus dunklem Holz. Für die hinteren Reihen standen Plastik Stapelstühle in der Farbe Blau bereit. Die Menschen in der Kirche waren alle farbenfroh angezogen. Die Männer trugen leichte Anzüge aus buntem Stoff oder eine grau/schwarze Stoffhose und ein weises Shirt. Die Frauen waren meist mit farbenfrohen Kleidern bekleidet. Und trugen auf dem Kopf meist ein ebenso farbenfrohes Tuch zum Turban gewickelt oder nur einfach über den Kopf zusammengeknotet. Ein kleines Mädchen und seine Mutter bildeten die Ausnahme. Sie hatten jeweils ein knallrotes Hütchen auf mit kurzer Krempe. Alles in allem eine bunte Veranstaltung. Die Einrichtung der Kirche war sehr schlicht. Kein Prunk, kein wertvoller Altar war zu sehen. Die Wände der Kirche waren gelb getüncht. Da wo gewöhnlich der Altar steht, hatte man eine grün-weiße Tapete mit einem kleinen Muster angebracht. An der Wand hing ein Kreuz. Und man hatte Poster vom Abendmahl und anderen Zehen aus der Bibel aufgehängt. Vor dem Kreuz stand ein einfaches Holzpult. Dort wird bestimmt dann der Pfarrer seine Predigt abhalten, dachte ich.

Was für ein Gegenstück zu unseren recht prunkvoll ausgestatteten Kirchen. Mit wertvollen Altären, die von Künstlern gestaltet waren. Aus einer Zeit vor und nach dem Mittelalter. Meist geprägt von römischer Kultur, italienischer Kunst, griechischer Erfahrung und Kultur. Kirchen als gesamteuropäisches Meisterwerk. Sakralbauten aus vergangenen Zeiten. Das waren unsere Kirchen, die viel kulturelle und geschichtlich wertvolle Schätze bargen. Und dem gegenüber stand die schlichte und einfach Kirche irgendwo in Afrika, gefüllt mit bundgekleideten gläubigen Menschen. Ich glaube, die Pracht dieser Kirche sind die Menschen an sich. Die heute neu errichteten Kirchen bei uns gehen auch von einer gewissen Schlichtheit und Demut aus. Und das finde ich gut. Nicht ein goldener Altar soll das wertvollste in einer Kirche sein, sondern die Menschen die in dieser einfachen Kirche ihren Glauben leben.

Ich bedankte mich bei Uzoma für die Bilder und für das Video. Ich war neugierig geworden und hatte so viel Fragen, über ihn, seine Kultur und über sein einfaches Leben. Ich wollte aber nicht gleich mit der Tür ins Haus fallen und bat einfach, wenn er Lust und Zeit hat mir etwas über sich und seine Familie zu erzählen.

Und da mein Mundwerk, in dem Fall meine WhatsApp-Nachrichten, schneller waren, als mein Verstand arbeitete, machte ich den Vorschlag, dass wir unsere Informationen mit Bildern und Worten weiter auszutauschen. Ich lud ihn ein, mit mir Silvester zu feiern – virtuell. Was ich damit auslöste, konnte ich zu dem Zeitpunkt nicht erahnen.

Er war begeistert. Und er schrieb: „Noch nie hat sich jemand mit mir so abgegeben wie sie. Ich bin doch nur eine armer Junge. Bitte gehe nicht mehr weg, bleib hier." Diese Worte trafen meine mütterlichen Instinkte schwer. Ich sagte ihm, dass wir hier auf der Plattform solange miteinander kommunizieren werden, wie er will.

Dann fragte er mich: „Darf ich deine Silvesterfeier sehen, hab ihr ein Feuerwerk". Ich sagte ihm, dass ich ihm Bilder schicke von der Feier, vom Feuerwerk (in der Hoffnung das es eins geben wird). „Ich liebe das Feuerwerk". „Wir gehen auf den Berg, um den anderen zuzuschauen". Ich würde gern auch mal ein Feuerwerk machen", schrieb er weiter. „Aber wir brauchen das Geld zum Füttern". „Füttern?", fragte ich. „Na essen" schrieb er. „Wir essen nicht Quarto". „Was heißt das?" Fragte ich zurück. „Na wir essen nur einmal am Tag und nicht sowie Ihr, Frühstück, Mittag". Manchmal haben wir nicht mal das." Kein gutes Thema dachte ich. Und ich wusste nicht so recht, was ich darauf antworten soll. Also versuchte ich, das Thema wieder auf Silvester zu lenken.

Ich fragte ihn, was er den Silvester macht und ob sie auch feiern. Dann schrieb er mir: „Wer Geld hat, geht Feiern, ich werde allein zu Hause sein". Dann kam noch ein weinender Smiley.

Mein Mann und meine Katze hatten Ihren Mittagsschlaf beendet und beide marschierten in die Küche. Es war Zeit zum Kaffee trinken. Quarto viel mir wieder ein. Wir essen Quarto. Da ich nachdachte, achtete ich nicht auf meine Katze und ihr klägliches Miauen, nach dem Motto versorg mich auch. Sie setzte sie sich kurzerhand auf den Stuhl neben mich und stupste mich erst sanft und dann etwas bestimmter an. Und ich dacht, bei uns essen sogar die Katzen Quarto. Ich ging und füllte ihren Futternapf, was sie mit leisen schnurren honorierte.

Mein Mann fragte mich, ob ich schon die Sachen für unseren Silvesterausflug gepackt hätte. Ich sagte, ich habe mich noch nicht für ein Kleid entschieden, was ich mitnehmen will. Der Schrank ist voll, sagte er. Wirst wohl was passendes finden oder nehme gleich alle mit, da hast du dann am Silvestertag richtig Stress. Sein Grinsen war nicht zu übersehen. Er hatte da ja auch keine Probleme. Anzug, Krawatte oder Fliege, die passenden Schuhe in schwarz und fertig.

Bei uns Frauen ist das nicht so einfach. Was zieht man an? Welches Kleid, welche Schuhe und passt dann auch noch die Tasche dazu? Das sind Probleme, die ein Mann nicht verstehen kann. Wenn aber das Kompliment kommt, ihre Frau sieht aber gut aus, laufen sie dann rum wie ein Gockel. Da ist mein Mann keine Ausnahme.

Also nahm ich mir meinen Kleiderschrank vor. Die ersten beiden Kleider strich ich gleich aus der Planung. Zu bunt, zu dünn und nicht elegant genug. In einem Weiteren, was ich anprobierte, kam ich mir sehr eingeengt vor. Muss wohl daran liegen, dass es etwas eingegangen ist, beim Waschen vielleicht. Mein Mann fragte mich, ob er noch damit rechnen kann, den Koffer heute noch hinunter zu schaffen. Ich arbeite dran, war meine gestresste Antwort.

Dann sah ich hinten im Kleiderschrank mein kleines Schwarzes. Es passte noch oder anders ausgedrückt es wuchs mit. Ich dachte das Kleid und ein weiser Bolero fertig ist das Outfit für Silvester. Ich nahm es und scheuchte meine Katze aus dem Kleiderschrank. Sie hatte sich dort bequem eingerichtet. Mein Mann kam und wollte den Koffer ins Auto tragen. Ich stellte noch eine Tasche mit Schuhen und eine mit Kosmetik dazu. Wie immer verdrehte er die Augen und murmelte, „wir fahren doch nur 2 Tage weg, wozu brauchst du das alles?"

Sicher hatte ich wieder mehr eingepackt, als ich brauchte, wie immer bei Reisen egal wie weit und egal wie lang.

7. Silvester und Uzoma

Diesmal war es eine kurze Reise. Es ging nach Suhl in Thüringen. Suhl ist eine mittelgroße Stadt im fränkisch geprägten Süden des Freistaats Thüringen. Sie liegt am Südhang des Thüringer Waldes im Tal von Lauter und Hasel. Die Lauter ist zusammen mit der Hasel der rechte Nebenfluss des Werra-Zuflusses.

In der Vergangenheit wurde Suhl sowohl für die seit Jahrhunderten ansässige Waffenherstellung als auch durch den Kraftfahrzeug- und Zweiradhersteller Simson bekannt. Ein Moped aus DDR-Zeiten, das heute wieder bei den Jugendlichen sehr beliebt ist.

Für mich wird Suhl immer als Wintersportort im Gedächtnis bleiben. Früher war hier im Winter ein reges Treiben. Langlauf, Abfahrt und auch Biathlon. Es war ein bekannter Wintersport- und Urlaubsort. Und heute hat auch hier der Klimawandel zugeschlagen. Der Wald sieht nicht besonders gesund aus und aufgrund des fehlenden Schnees, fehlen auch die Urlauber.

Der Weg in unser Silvestervergnügen führte uns durch drei Autotunnel. Diese kamen mir mehr als lang vor. Ich machte auf der Fahrt eine paar Videos, vor allem bei der Durchfahrt durch die zahlreichen Tunnel. Ich dachte daran, Uzoma eins dieser Videos zu schicken. Ob es in seinem Land auch Autobahnen und Tunnel gibt?

Bei der Ankunft in Suhl war es bereits dunkel und man konnte nicht wirklich erkennen, wo man war. Die Hotellobby war schlicht und einfach eingerichtet. Sie glich eher einem langen schmalen Schlauch. Die Einrichtung war einfach, im sogenannten Retro-Look. Sessel und Tische waren zwar neu produziert, aber im Stil der 60iger Jahre. Die Beleuchtung war üppig, mit großen Kristallleuchtern, die wahrscheinlich nicht aus Kristall waren.

An der Rezeption saß eine Frau von Ende 50, nicht gerad typisch für eine Hotelrezeption gekleidet. Sie begrüßte uns sehr euphorisch. Sie erklärte sehr aufgedreht, wo wir parken, essen und schlafen können. Mein Mann mummelte die Frage: „Was hat die den genommen?" Ich flüsterte zurück: „Es ist Silvester, vielleicht hat sie schon ein bisschen vor gefeiert."

Als wir dann endlich zum Fahrstuhl kamen, bemerkte mein Mann mürrisch, mal sehen, wie lange wir das Zimmer haben werden.

In der Regel ist es so, bei all den Reisen und Hotelaufenthalten quer durch alle Sterne, hatten wir meistens das Glück, die gebuchten Zimmer in einem nicht gerade gebrauchsfähigen Zustand vorzufinden.

Als wir nach mehreren Versuchen die Zimmertür endlich aufbekamen, waren wir zunächst angenehm überrascht. Sauber und ordentlich. Wenn man mal von dem kleinen Detail absieht, dass der Fernseher etwas schief an der Wand hing. Wer weiß was für eine Party die Putzfrauen hier gefeiert hatten.

Es war kalt und wir wollten die Heizung aufdrehen, aber das war nicht möglich. Das Zimmer war modern klimatisiert und wurde von einem Zentralenschalter in der Nähe der Eingangstür gesteuert. Wir stellten den Regler auf 23 Grad und warteten, dass es warm wird. Wurde es aber nicht. Nun schlug die Stunde meines Mannes. Er setzte sich aufrecht auf den Stuhl am Schreibtisch, nahm ganz langsam den Hörer in die Hand und wählte die Nummer der Rezeption.

„Hier Zimmer 239", rief er in das Telefon. "Was wünschen Sie?", fragte eine männliche Stimme.

„Wärme" raunte mein Mann ins Telefon. "Die Heizung geht nicht."

„Haben sie schon den Regler hochgedreht?" Fragte die männliche Stimme weiter.

„Soweit hatten wir bereits gedacht, aber es tut sich nichts. Die Heizung bleibt kalt." Antwortete mein Mann.

„Wir schicken gleich jemanden", kam es aus dem Telefon.

„Pack noch nicht aus", rief mein Mann mir zu. Hatte ich auch nicht vor. Warum auch sollte es anders sein als sonst. Wir werden sicher innerhalb des Hauses umziehen, dachte ich.

Gefühlt eine Stunde später kam ein Mann im Arbeitsanzug. Er drehte am Regler, lächelte und ging an die Heizung, um zu testen, ob wärme durchfloss. "Geht nicht", sagte er im gebrochenen Deutsch. „Heizung kaputt".

„Soweit waren wir schon." sagte mein Mann. Keine Ahnung, ob er uns überhaupt verstand. Dann ging er und wir schauten uns ratlos an.

Mein Mann ging wieder zum Telefon und rief in die Telefonmuschel: „Hier Zimmer 239", um mit energischer Stimme fortzufahren: „Wann denken Sie das es bei uns warm wird?".

„Wir können ihnen ein anderes Zimmer anbieten" raunte es zurück. "

Also zogen wir eine Etage höher in ein warmes sehr sauberes Zimmer. Mein Mann ruhte sich etwas von der anstrengenden Fahrt und dem Zimmertausch aus. Ich nahm mein Handy und schickt Uzoma ein Video über die Durchfahrt durch einen der Tunnel. Mit einfachen Worten versuchte ich ihm zu erklären, was das genau war. Es dauerte nicht lange, kam die Antwort.

„Hallo bist du da? Ich habe schon gewartet. Es sieht schön aus, was du geschickt hast. Sind alle Straßen so?"

„Nein", sagte ich. „Wir sind ins Gebirge gefahren, da ist es kürzer und ökologischer mitten durch als außen herum zu fahren." „Kennst du Berge?" fragte ich Uzoma.

„Bei uns ist alles Flach" Kam die Antwort. „Weißt du denn was das ist?" fragte ich zurück.

„Nein, nicht so richtig", kam die Antwort von Uzoma.

„Ich versuche es dir zu erklären Uzoma. Gefahren sind wir durch den Rennsteigtunnel, so heißt der Tunnel bei uns. Jeder Tunnel hat bei uns einen Namen. Einige heißen nach berühmten Leuten, aber die meisten Tunnel werden nach der Landschaft bezeichnet die sie durchqueren. Sie werden direkt durch die Berge gebaut. Verstehst du das?"

Ein „Ja" mit einem kleinen Smiley kam zurück. Ich schrieb weiter. „ Der Tunnel von dem das Video ist heißt Rennsteigtunnel und ist mit 7916 Metern der längste Straßentunnel Deutschlands."

„Das ist gut, ich glaube wir haben hier auch so was nur nicht da, wo ich wohne." Schrieb Uzoma. Dann kam eine Frage, mit der ich nicht gerechnet hatte. „Habt ihr schon gegessen? Du musst essen." Schrieb er.

Zunächst kam mir die Frage komisch vor, aber ich schrieb zurück „Nein wir haben noch nicht gegessen, wir gehen aber gleich in ein Restaurant. Dort gibt es bestimmt ein Büfett."

„Oh, kannst du mir da Fotos schicken?" Fragte er prompt. Ich sagte zu und stellte die Frage, ob er den schon gegessen habe. Nach einer kurzen Weile kam die Antwort „Nein".

Ich bohrte weiter, „den ganzen Tag noch nicht?" „Nein, heute habe ich noch nichts gegessen, aber ich warte auf Mama". Meistens bringt sie was mit."

Dann schrieb er weiter: „Mein Akku ist gleich alle, ich muss laden". „Okay" schrieb ich.

Dann kam ein Foto, eine Hand mit einer Blechdose, irgendein Drink, dachte ich. So fragte ich gleich, was er da trinke.

„Kennst du es nicht? Das ist ein Energie Drink." War seine Antwort. „Mein Freund hat ihn mir geschenkt". Dann kam ein Smiley mit einer Batterie, als Hinweis, dass er den Akku laden musste.

Ich schrieb zurück: „Du heißt doch mit Nachnamen Godspower, da brauchst du den Drink nicht. Gib ihn deiner Batterie!" Es kamen viele lachende Smileys. Und ich schickte eins zurück.

Mein Mann fragte mich zwischenzeitlich, ob ich Hunger habe. Er wollte gern essen gehen. Also machten wir uns auf den Weg Richtung Hotel – Restaurant. Als wir dort ankamen, standen schon einige Hotelgäste vor dem Eingang im Foyer an. Mann wurde platziert. Wir reihten uns in die Schlange der Wartenden geduldig ein. Ein Herr im schwarzen Anzug fragte im gebrochenen Deutsch, nach Name und Zimmernummer. Mein Mann hielt unsere Schlüsselkarte hoch und eine Kellnerin geleitete uns zu einem kleinen Tisch, der für zwei Personen gedeckt war. Wir quetschten uns an den kleinen Tisch, der eigentlich nur genug Platz für eine Person bot. Gut nun war mein Mann und ich keine ausgesprochenen Heringe, eher glichen wir etwas kräftigeren Landtieren von der Statur her. Ab wir sahen, dass es den anderen Gästen auch nicht besser ging.

Das Restaurant war einfach und schlicht, aber modern eingerichtet. Mann saß entweder hintereinander an kleinen Tischen oder an einen sehr langen Tisch.

Die Bar war etwas versteckt, aber auch praktisch und einfach gestaltet. Alles etwas sehr steril fand ich. Das Ziel dieses Konzepts war es wahrscheinlich, dass die Handvoll Kellner schnell durch die Reihen kommen. Ich konnte mir nicht helfen, irgendwo hatte ich diese Art Einrichtung schon einmal gesehen.

Nachdem wir ein paar Minuten saßen, kam der erste Kellner an unsern Tisch und fragte, ob wir was zu Trinken haben wollten. Ich wollte ein Bier und fragte was es denn für Sorten gab. Die Beratung viel kurz und knapp aus: „Siehe Karte". Sagte der Kellner.

Also sah ich in die Karte und zeigte mit dem Finger auf die gewünschte Biersorte.

Mein Mann sprach etwas lauter, komischerweise jetzt auch im gebrochenen Deutsch:

„Wasser, kalt spritzig, mit Gas". Der Kellner nickte und ging.

So konnten wir uns in Ruhe um das Büfett kümmern. Auch das war schlicht und funktionell aufgebaut. Links die Behälter mit dem Warmen essen so um die 8 Stück.

Anschließend an die warme Essens Zeile war die Ecke für das Brot, was in verschiedenen Sorten angeboten wurde. Auf der anderen Seite war das Kalte-Büfett aufgebaut, mit Wurst, Käse, Salaten und den dazugehörigen Schnickschnack. In der Mitte war eine große Obsttafel mit Desserts platziert.

Ich machte reichlich Fotos und schickte diese an Uzoma, ohne mir etwas dabei zu denken.

Als wir zurückkamen an unseren Tisch, stand am Platz von meinem Mann das Bier und eine Flasche Sekt. Nun ist es bei uns so, ich bin der Biertrinker. Mein Mann trinkt fast nur Wasser und ich glaubte auch, genau das bestellt zu haben. Also nahm ich erstmal das Bier, mit einem Tiefen schluck, während mein Mann nach dem Kellner Ausschau hielt.

„Mit Gestikulieren und dem Schlachtruf „Hallo" konnten wir die Aufmerksamkeit eines Kellners gewinnen.

„Wir hatten keinen Sekt bestellt"! Polterte mein Mann los. Der Kellner sah uns an als wären wir nicht von diesem Planeten. Er rief hilfesuchend nach einem Kollegen, in Bulgarisch wie ich meinte zu hören.

„Sprechen sie deutsch?" Fragte mein Mann den Kellner vom Einlass, der seinem Kollegen zu Hilfe eilte und wahrscheinlich der leitende Angestellte war.

„Ja ein bisschen". Gab er zur Antwort. Nun versuchten wir zu erklären, dass wir keinen Sekt, der durchaus auch spritzig ist, bestellt hatten. Sondern nur eine Flasche Wasser, spritzig. Nach einigen hin und her hatten wir dann, 1 Bier, eine Flasche Sekt und ein Wasser.

„Naja", sagte mein Mann. "Ein sehr interessantes Geschäftsmodel".

Als wir wieder auf das Zimmer kamen, wollte mein Mann sich hinlegen und fernsehen schauen. Ich schnappte mir den Bademantel und ging zum Pool.

Am Einlass saß eine ältere Frau weit über 60. Jedenfalls sah sie so aus. Ich fragte, wie den die Temperatur des Pools ist. Sie schaute mich nur an und lächelte. Das kannte ich schon. Also zeigte ich auf die Handtücher, die sie mir bereitwillig mit einem „bitte sehr" auch gab. Das Wasser im Pool war nicht wie gewohnt warm, man hatte die Temperatur auch hier herunter geregelt um Heizkosten zu sparen. Putin lässt grüßen, dachte ich.

Als ich zurück ins Zimmer kam, wollte ich nur noch in mein Bett.

Da sah ich eine Nachricht auf meinem Handy. Uzoma hatte sich für die Fotos bedankt.

Er schrieb: „Es sieht toll aus, da wo ihr seid. In Deutschland ist es bestimmt schön. Ihr habt Spaß." Und dann stand: „Gute Nacht".

Dann war da noch ein Foto. Ich wusste nicht genau, was das darstellen sollte. Ein auf Zeitungspapier gelegte Rote streifen, von was nur?

Ich schrieb Uzoma: „Danke für das Foto, was ist das bloß?"

Die Antwort machte mich sprachlos. „Das ist Dürrfleisch, das essen wir hier."

Ich fragte weiter: „Dürrfleisch, kaut ihr das so und woraus ist es denn".

Uzoma antwortete mit Ja und keine Ahnung, aber es schmeckt.

Na die Hauptsache ist das es schmeckt, dachte ich.

Ich wünschte ihm eine gute Nacht und schickte noch ein Bildchen hinterher.

Uzoma wünschte auch eine gute Nacht mit folgenden Worten: „Schlaf wie ein Baby und wach auf wie eine Königin, die du bist."

Oh dachte ich, sollte ich Camila aus dem Schloss werfen und Prinz Charles heiraten?

Wie auch immer ich löschte das Licht. Mein Mann fragt noch, wie das Wasser war, ich weiß nicht, ob ich noch geantwortet habe.

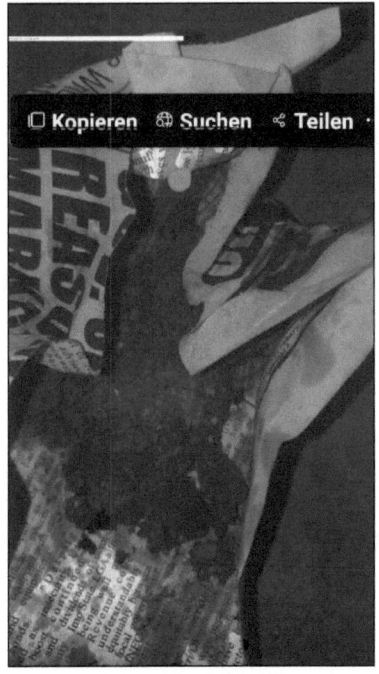

das ißt Uzoma – Dürrfleisch
Das Bild schickte mir Uzoma
per Whatsapp –
Essen aus der Zeitung.
Er sagte mir, dass das schmeckt.

Am nächsten Morgen sah ich zum ersten Mal, wo wir eigentlich waren. Der Himmel war grau und es war kalt und nass. Eher Herbstwetter als Winter dachte ich. Früher war in dieser Jahreszeit alles verschneit. Ich war mit meinen Eltern zweimal hier in der Nähe zum Skifahren. Damals sah man im Ort viele Leute mit Ski, die zu den Loipen wollten.

Als ich aus dem Fenster sah, waren um uns rum Berge, die teilweise wiederum im dichten Nebel verschwanden. Man konnte teilweise kahle Hänge sehen. Die kannte ich schon aus dem Harz. Als wir im Sommer dort waren, gab es auch kilometerweit verdorrte Bäume, die entweder durch den Borkenkäfer oder vom Klimawandel geschädigt waren. Es sah hier noch nicht so schlimm aus wie im Harz. Aber den Klimawandel konnte man auch hier sehen.

Wir gingen Frühstücken und trafen auf dasselbe Personal, das wir bereits vom Abendessen kanten. Ich dachte nur, wann schlafen die? Auch das Frühstück war eher amerikanisch als deutsch. Mit Würstchen, Speck Rührei oder Spiegelei. Auch Fleischbällchen waren zu haben. Ich suchte die Süßeabteilung und fand Sie dann auch.

3 Tassenkaffee und 1 Glas Orangensaft später verließen wir das Frühstücksparadies.

Mein Mann steuerte auf die Rezeption zu und fragte direkt. „Arbeiten hier nur Bulgaren?".

„Ja" war die Antwort. „Das Hotel wurde vor 3 Jahren von einer bulgarischen Hotelkette aufgekauft und renoviert. „Danke für die Auskunft", rief mein Mann und wandte sich dem Fahrstuhl zu. Da viel mir es wie Schuppen von den Augen. Plötzlich wusste ich, woher ich die Einrichtung kannte. Varna, ja Varna. Da hatte ich, bzw. waren wir in einem ähnlichen Hotel im Urlaub. Der gleiche Einrichtungsstill, das gleiche Model. Na bitte ich wusste es doch. Während mein Mann weiterschlafen wollte und gewöhnlich erst am Nachmittag seine Betriebstemperatur erreicht, wollte ich die Altstadt erkunden.

Das Hotel lag keine 10 Minuten Fußmarsch von der Altstadt entfernt. Ich machte mich auf, auch wenn das Wetter eigentlich nicht geeignet war um durch die Stadt zu flanieren.

Die Altstadt von Suhl hat einiges zu bieten. München, Köln oder Berlin, das sind Städte, die keine Werbung brauchen. Da zieht schon der Name allein. Andere dagegen sind kaum bekannt, obwohl sie nicht weniger reizvoll sind. Dazu gehört Suhl. Hier wurde zu DDR-Zeiten zwar die historische Altstadt abgerissen, um mit einer modernen Architektur zu punkten. Aber wenn man genau hinsieht, findet man noch alte Gebäude und historische Stätten. Jedenfalls was davon noch übrig ist.

Wenn man den „Steinweg" und die sich anschließende „Gothaer Straße" lang geht, findet man noch alte Stadthäuser, die heute Geschäfte und Cafés beherbergen. In deren Nähe befindet sich die Kreuzkirche und der Hauptkirche St. Marien. Leider waren die Türen für mich verschlossen. Bei meinem weiteren Bummel fand ich ein sehr altes Fachwerk Gebäude, was wunderbar geschmückt war, und in dem man Schapps und Wein und allerlei Souvenirs kaufen konnte. Außen war noch ein Schild angebracht mit der Aufschrift: „Verkauf Original Thüringer Wurstwaren."

Das war ein schönes Motiv für Instagram und Uzoma dacht ich und nahm das Haus ins Visier. Ich nahm noch ein Panorama Bild von Suhl mit den Bergen auf und schickte alles an Uzoma.

Uzoma schrieb wieder: „Oh, habt ihr es schön. Deutschland ist sehr schön". Ich dachte so für mich, ich muss Uzoma auch mal was von Deutschland zeigen, was nicht so schön ist. Sonst bekommt er einen falschen Eindruck. Und das wollte ich nicht.

Ich schrieb, dass ich jetzt auch mal was von ihm erfahren wollte. Wir einigten uns im neuen Jahr auch über ihn zu sprechen.

Dann schrieb er: „Bitte vergesse mich nicht hier und bitte schicke mir unbedingt Bilder vom Feuerwerk." Wieder sagte ich zu, ohne zu wissen ob es den ein Feuerwerk gab.

Aber ich verließ mich da ganz auf die vielen Leute, die aus fast jedem Laden schwer bewaffnet mit Raketen herauskamen.

Nachmittags machte ich mit meinem Mann einen Ausflug hoch in die Berge. Serpentinenartig schlängelte sich die Straße nach oben. Oben angekommen hatten wir einen wunderbaren Blick auf Suhl. Wir fuhren noch weiter bis Oberhof und schauten uns in dem ehemaligen Wintersportort noch ein bisschen um.

Oberhof ist eine kleine ländliche Stadt im Landkreis Schmalkalden-Meiningen in Thüringen. Sie liegt am Kamm des Thüringer Waldes auf etwa 815 m Höhe über den Meeresspiegel in der Nähe des Rennsteigs.

Der Ort ist als deutsches Wintersportzentrum bekannt. Besonders populär waren hier die Sportarten Biathlon, Rennrodeln und Bobsport, Skilanglauf und die Nordische Kombination. Die Stadt lebt vom Tourismus.

Direkt ans Stadtgebiet grenzt südlich der 904 Meter hohe Schützenberg. Etwa vier Kilometer südöstlich liegen mit dem 983 Meter hohen großen Beerberg und dem 978 Meter hohen Schneekopf die beiden höchsten Berge Thüringens. Südwestlich von Oberhof liegen auch zwei Rennsteigpässe: der Pass am Grenzadler. Das war die ehemalige Landesgrenze zwischen dem Herzogtum Sachsen-Coburg und Gotha und Preußen. Der zweite Pass ist der Rondell. Sie waren seit Alters her Übergänge von Handelsstraßen und wurden in der Vergangenheit rege genutzt.

Wie viele vom Wintersport abhängige Mittelgebirgsregionen ist auch Oberhof von den Auswirkungen des Klimawandels betroffen. So ist die Region nicht mehr „schneesicher", wie dies noch in der Vergangenheit der Fall war. Was wir auch Vor-Ort hautnah erleben konnten. Es waren Touristen da, aber längst nicht so viel wie in meiner Kinder- und Jugendzeit, als hier um diese Zeit noch Schnee lag und Sportveranstaltung stattfanden oder Urlauber selber Wintersport betrieben.

Dem Wald selbst sah man den klimatischen Wandel an. Es gab sehr viel Baumbruch, teilweise waren viele Flächen gänzlich von Bäumen befreit.

Wir versuchten eine schöne Ecke für ein Foto zu finden. Mein Mann postierte mich an einen noch gut aussehen Baum mit Talblick, und ich versuchte in die Kamera zu lächeln.

Dann versuchten wir uns beide mit einem Selfie. Während mein Mann in die Kamera lächelt, rutschte ich leider ab und fiel, landete aber geschickt auf meinem Po. Wie früher dachte ich, nur ohne Schnee und ohne Ski.

Gegen 17 Uhr begann das Schönheitsprogramm. Es begann ein 2-stündiges Beauty-Event.

Gesichtspeeling, Augenbraunstyling, Maske und Haarpflege inbegriffen. Während mein Mann sich auf dem Bett räkelte, tat ich alles, um zu mindestens für die Abendveranstaltung gut auszusehen. Nach gefühlt 1 und einer halben Stunde schlüpfte ich endlich ins Kleid, noch etwas Kriegsbemalung ins Gesicht und fertig. Mein Mann brauchte keine 10 Minuten, dann war er fertig.

Pünktlich 19 Uhr standen wir im Foyer zum Sektempfang. Mit dem Glas Sekt in der Hand und gut gekleidet wurden wir an unseren Tisch gebracht.

Wie am Vortag quetschten wir uns auf unsere Plätze. Der Tisch war schön eingedeckt und festlich geschmückt und bot dadurch nun noch weniger Platz für Essen und Getränke.

Das Personal war das gleich wie am Vorabend, vom Frühstücksbuffet und vom Nachmittagskaffe. Sie wirkten aber alle sehr motiviert, trotz Augenringen bei dem einen oder anderen, lächelten sie pausenlos. Wir lächelten zurück. Irgendwie taten mir die Jungs und Mädchen leid. Weit weg von zu Hause in einem fremden Land, pausenlos im Einsatz für die Gäste.

Während der DJ die erste Musik auflegte, flitzten die Kellner und Kellnerinnen hin und her und nahmen die Getränke Bestellungen auf. Ich war diesmal vorbereitet! Als wir dran waren, nahm ich mein Handy in die Hand und stellte den Google Übersetzer Deutsch- Englisch ein.

Auf diese Art und Weise gelang es uns, eine Flasche Wein nach unserem Geschmack zu bestellen und dazu eine große Flasche Wasser, spritzig mit Gas, wie mein Mann betonte.

Als der Bestellmarathon vorbei war, baute sich neben dem DJ der Chefkellner auf und begrüßte die Gäste, natürlich in gebrochenem Deutsch aber irgendwie schön. Er stellte das Programm vor und informiert die Gäste, dass vor Mitternacht noch eine Tombola auf uns wartet. Wie früher dachte ich. Da gab zu jeder Feier, ob man wollte oder nicht, eine Tombola. Für alle die nicht genau wissen, was denn eine Tombola ist, hier ein kurzer Exkurs. Bei einer Tombola handelt es sich um eine Verlosung von meist gesponserten Geschenkartikeln bei Festlichkeiten. Zu DDR-Zeiten sehr beliebt bei Betriebsfeiern, Weihnachtsfeiern und anderen Veranstaltung. Man gab irgendetwas ab, was man nicht mehr in seinem Haushalt brauchte und dann wurde es in einer Tombola verlost. Oder der Betrieb sponserte besondere Artikel. Es war eigentlich immer mit viel Spaß verbunden und der Hoffnung, dass man das Richtige gewann.

Der Chefkellner bedankte sich bei seiner Geschäftsleitung für die Spende zur Verlosung und dann eröffnete er das Büfett.

Somit begann die Schlacht ums Büfett. Genauso aufgebaut wie am Vorabend, hübsch garniert.

Die Auswahl der Speisen war an den Veranstaltungsrahmen angepasst. Der Chefkoch stand an der Tür und die Leute lobten Ihn für das Geschmackvolle und schön garnieret Essen. Ich glaube aber er verstand keinen von uns. Er lächelt nur und sagte jedem der Vorbeikam ein freundlich guter Abend. Mein Mann zog es immer schon zum Küchenpersonal und ich sah wie er auf den armen Koch zu steuerte. Er redete auf Ihn ein und erntete auch nur ein freundliches Lächeln.

Schon während der Büfettschlacht gab der DJ sein bestes und spielt quer durch alle Jahrzehnte lockere Musik fürs Publikum. Es dauerte auch nicht lange, da tanzten die ersten Gäste.

Wir gehörten nicht gerade zu dem tanzbegeisterten Publikum, sondern beobachten die Gäste liebend gerne. Gästebeobachten ist eine schöne Silvestertradition. Gesehen und gesehen werden heißt meist das Motto. Viele verschieden Persönlichkeiten, interessante wie lustige Leute kann man beobachten und studieren. Ein Eldorado für Charakterstudien.

Eine Familie viel mir besonders auf. Sie war am Vortag angereist. Oma, Mutter, Ehemann und 2 Kinder im jugendlichen Alter zwischen 14 und 18 Jahren. Genaue Schätzungen haben bei mir keinen Sinn und gehen meistens nach hinten los. Die Familie saß an einem gemeinsamen Tisch, genauso beengt wie wir. Sie saßen uns schräg gegenüber. Als einzige im Saal setzten sich alle Familienmitglieder lustige Spitzhüte aus Pappe auf. Während der DJ spielte, wurde die Oma zur Tanzfläche begleitet und die ganze Familie tanzte gemeinsam auf der Fläche.

Später spielten sie am Tisch gemeinsam Karten, die Oma mit geschätzten reichlich 80 lenzen immer dabei. Sie lachten viel. Spät am Abend packte der Vater der Kinder eine Ukulele aus, spielte darauf und die ganze Familie sang mit. Keiner beachtete die Familie, wie schade. Ich fand sie einzigartig und wunderbar. Auch zugegeben war ich eine bisschen neidisch, weil ich mit meinem Mann dort allein hingefahren bin. Hätten wir die Enkel mitnehmen sollen? Aber die sind in einem Alter, wo wir nur als peinliche Großeltern angesehen werden. Und es nicht so cool ist, mit den Großeltern Silvester zu feiern. Schade eigentlich. Umso mehr erfreute ich mich über diese kleine bezaubernde Familie. Dass es noch so was gab.

Ein Tisch weiter ergab sich für uns ein anderes Bild. Ebenfalls beengt an einem zweier Tisch saß ein Mann von geschätzten Mitte 50 und ein junges Mädchen so um die 25 Jahre. Erst dachten wir, Vater und Tochter, wurden aber bald eines Besseren belehrt. Er forderte über beide backen grinsend das Mädchen mit vornehmen Handkuss zum Tanz auf. Bei der Gelegenheit bemerkten wir, dass sie russisch sprach und nur im gebrochen Deutsch die Aufforderung zum Tanz erwiderte. Sie schwebte über die Fläche wie der sterben Schwan aus dem Bolschoi Theater. Lehnte sich beim Tanz elegant nach hinten und sah wie beim standard Walzertanz ihren Partner nicht an.

„Eine Ballett Dole", sagte mein Mann und grinste ebenfalls. Beide tanzten exakt immer 3 runden und gingen dann wieder zu ihrem Platz, später am Abend händchenhaltend. Er gab eine Flasche Sekt nach der anderen aus. Sie wurden immer Vertrauter, von der anfänglichen Zurückhaltung war bald nichts mehr zu spüren. Alles weiter überlass ich eurer Phantasie.

Neben uns saß ein Paar, die tanzten auch kaum, stattdessen versuchten Sie uns ständig in irgendwelche Gespräche zu verwickeln. Das veranlasste meinen Mann, die Rettung auf der Tanzfläche zu suchen. Zumal er sonst bei sportlichen Bewegungen auf der Tanzfläche eher zurückhaltend ist. Um dem Paar aus dem Weg zugehen schlug mein Mann anschließend ein Barbesuch vor.

Dort trafen wir auf zwei sehr lustige Niederländer, die eigentlich ihren Angaben zufolge aus Holland waren. Also richtig „Niederholländer". Sie kommen aus der Provinz Nord-Holland und sind hier in Suhl irgendwie gestrandet. Der eine kräftig eher klein gedrungen, der andere schlank und ca. 180 Groß. Ihr Lieblingsplatz war die Bar, dort blieben Sie auch den Rest des Abends. Ihr Lieblingsgetränk war deutsches Pilsner, was reichlich floss. Sie scheuten sich auch nicht den einen oder anderen ein Bier auszugeben und prosteten regelmäßig in die Runde auf Holländisch.

So gegen 11 Uhr wurde die Tombola ausgerufen. Jeder hielt seine Zimmerkarte bereit. Eine Nummer nach der anderen wurde aufgerufen und man steuerte mit der Zimmerkarte als Beweis für den Gewinn auf dem DJ zu. Mein Mann saß am Tisch unsere Schlüsselkarte in der Hand und lauschte den Ansagen des DJ. Es gab Beifall für die Aufgerufenen. Aber wir waren leider nicht dabei. Warum auch, unser Gewinn sind wir!

Gegen 11:30 Uhr meldet sich Uzoma mit einem zaghaften „Hallo?"

„Hallo" schrieb ich zurück? „Feierst du mit deiner Familie?" Fragte ich leicht beschwipst darauf los.

„Nein", kam die Antwort. „Ich bin allein zu Hause".

„Alleine", fragte ich verwundert, „zu Silvester"? „Wo ist deine Familie, wo sind deine Freunde?" schrieb ich zurück.

„Meine Familie ist aus ausgegangen", schrieb Uzoma zurück. „Meine Mutter ist ins Dorf gefahren und meine Schwestern sind bei ihren Freunden. Ich habe keine Freunde", schrieb er weiter.

„Oh" schrieb ich. „Wieso hast du keine Freunde?"

„Ich habe nichts", war die Antwort, „und wer hier kein Geld hat, kann nicht ausgehen und hat auch keine Freunde".

Ich schrieb ein „Okay" mangels kluger Worte.

„Ich habe aber einen älteren besten Freund", schrieb er weiter, „der hat ein Geschäft, aber da kann ich heute nicht hin".

Ich fragte „Willst du sehen wie wir in Deutschland feiern?" Ups, jetzt war es raus und ich konnte es nicht zurücknehmen. Wie muss sich jemand fühlen, der von unserer beschaulichen, aber lustigen Silvesterfeier Bilder bekommt und allein zu Haus rumhängen muss.

Die Antwort war, wie zu erwarten „Oh Ja schicke mir bitte Bilder, sie anzusehen macht mir Spaß".

Also versuchte ich ein paar unversfängliche Fotos einzufangen und schickte diese an Uzoma.

„Vergiss das Feuerwerk nicht". schrieb er noch und schicke ebenfalls ein Foto von sich.

Es war nicht viel zu sehen. Ein sehr Junger schwarzer Mann der irgendwie auf eine Art Bett lag und mit gezwungen lächelnd in die Kamera blickte. Ebenmäßiges Gesicht, schwarze Augen und dicke aber sanfte Lippen. Eigentlich ein hübscher junger Bursche. Umso weniger konnte ich mir vorstellen, das er alleine zu Hause war.

„Bist du das?" fragte ich. „Ja". Kam die Antwort.

Es war inzwischen schon kurz vor zwölf. Mein Mann versuchte mit Händen und irgendein kauderwelsch dem Kellner zu erklären, das wir 2 Gläser Sekt zum Anstoßen wollten. Dieser blickte nur meinen Mann fragend an. Ich gab die Bestellung im Übersetzer bei Google ein und hielt sie hinter dem Rücken meines Mannes hoch. Der Kellner nickte und ging.

Nach einer kurzen weile kam er mit 2 Gläsern Sekt wieder. „Na siehst du", sagte mein Mann, „so schlecht ist mein englisch doch gar nicht wie du immer sagst." „Nein", sagte ich, „die haben dich sehr gut verstanden".

Dann begann der ganze Saal runter zu zählen „5,4,3,2,1 – Prosit!" Wir stießen beide an und es gab einen langen Kuss". Nachdem nun alle kräftig angestoßen hatten. Die Niederländer mit Bier und leicht schwankend, und alle ihre Wünsche ausgetauscht hatten, wurde sich gegenseitig ein gesundes Neues Jahr gewünscht. Mein Mann schwebte zum Küchenpersonal und wünschte Ihnen alles Gute und dankte für die gute Verpflegung. Ob sie ihn verstanden, wage ich zu bezweifeln, aber der Wille zählt.

Dann ging es los das Feuerwerk. Alle stürmten hinaus um den besten Blick zu erhaschen.

Ich zückte meine Kamera und machte ein Video und gefühlt tausend Bilder.

Auf dem Handy sah ich eine Nachricht von Uzoma. „Alles Gute im neuen Jahr", stand da.

Ich schrieb zurück, dass ich ihm und seiner Familie auch alles Gute wünsche und schickte das Video nebst Bilder vom Feuerwerk.

„Wow" kam die Antwort, „das ist aber schön". Wir wünschten uns gute Nacht und es gingen noch ein Paar Smileys hin und her.

8. Wer ist Uzoma eigentlich?

Am nächsten Tag fuhren wir wieder nach Hause. Unsere Katze begrüßte uns mit Verachtung. Sie wurde zwar gut von den Schwiegereltern versorgt, war aber sehr, sehr beleidigt, da wir Sie allein gelassen hatten. Sie dreht uns den Rücken zu und würdigte uns keines Blickes.

„Okay!" sagte mein Mann. „Das wird schon wieder so in eins, zwei Stunden. Dann kommt sie wieder zu uns". Na ja dachte ich, allein sein ist auch für Katzen ein Problem. Sie trollte sich unter den Tannenbaum natürlich mit dem Rücken zu uns.

Uzoma schrieb " Hallo" " wie geht es dir". Ich nutzte diese Gelegenheit und fragte, wo er den genau wohnt. Er zögerte mit der Antwort. Ich dachte, da kommt der Scrammer wieder durch. Nur nicht so viel von sich selbst preisgeben. Mit Halbwahrheiten arbeiten, nur Andeutungen machen und am besten nur belanglose Sachen erzählen. Die da wären Wetter, Essen und ähnliches.

Er hat lange überlegt und dann kam die Antwort. Ich hatte gar nicht mehr damit gerechnet. "Owerri", sagte er, "Owerri", fragte ich zurück. "Ja, auf der Owerri Road 58". Kam die Antwort. "Kannst du mir von dem Ort erzählen?", fragte ich zurück. "Ja, ich schreibe alles". Also quetschte ich ihn aus wie eine Zitrone. Hin und wieder hatte ich den Eindruck, dass es zu viel war. Aber ich erzählte auch von dem Ort, wo ich wohnte. So gewann ich das Gefühl, als würde er alles in sich aufsaugen. Er war sehr interessiert und kommentierte bestimmte Dinge mit "Oh wirklich und erzähl mir mehr" oder mit „wie schön."

Uzoma beschrieb seine Welt als düster und nicht schön. Ich dachte, dass wäre nur seine Sichtweise. Kein Land ist von Grund auf hässlich. Er wünschte sich, und das wurde mir immer klarer ein anderes Leben. Ein ganz anderes Leben.

Ich begann nachzuforschen. Was war das für eine Stadt, das Owerri und was war das für ein Land?
So erfuhr ich, dass Nigeria ein Bundesstaat in Westafrika ist, mit einer hohen Einwohnerzahl. Laut Dr. Google eines der bevölkerungsreichsten Länder in Afrika. Und auch weltweit steht das Land in Sachen Einwohnerzahl weit vorne. Aber auch in Sachen Arbeitslosigkeit, Gewalt und Verbrechen ist Nigeria Spitzenreiter.
Nigeria grenzt an den Atlantik und die Länder Benin, Niger, Tschad und Kamerun. Hauptstadt des Landes ist Abuja. Allerdings ist die größte Stadt Lagos. War wohl auch mal Hauptstadt und liegt direkt am Meer.

Bevor Nigeria britische Kolonie war, existierten unterschiedliche Staaten und Königreiche auf seinem derzeitigen Grundgebiet. 1960 wurde Nigeria unabhängig und wechselte nach einem Bürgerkrieg von 1967 bis 1970 jahrzehntelang zwischen demokratisch gewählten Regierungen und Militärregierungen. 1999 wurde Nigeria erneut demokratisiert, wobei erst die Wahlen ab den 2010er Jahren als halbwegs fair eingestuft werden.

Nigeria ist ein Land mit großer kultureller Vielfalt: Zahlreiche westafrikanische Religionen werden praktiziert und es werden 514 verschiedene Sprachen gesprochen. Die drei größten Volksgruppen sind die Igbo, Yoruba und Hausa. Englisch ist Amtssprache.

Ich fragte Uzoma, zu welcher Volksgruppe er gehört. "Imo". War die Antwort.

„Okay", sagte ich, ohne genau zu wissen, was für ein Volk, das eigentlich ist. Vielleicht so wie bei uns die Sachsen, Bayern, Hessen usw.

„Uzoma erzähl mir was von Owerri"., schrieb ich zurück. "Wo wohnst du und wie sieht es dort aus?"

Er schrieb mir, das Owerri die Hauptstadt vom Bundesstaat Imo ist und im Südosten von Nigeria liegt. Er schickte mir einfache Bilder vom Ort, um sich die Beschreibung zu sparen. Die Häuser standen im Außenbezirk von Owerri und sahen wie kleine einstöckige Bungalows aus. Die meisten Häuser wirkten sehr renovierungsbedürftig. Das wiederum sieht man an den Fassaden. An vielen Häusern bröckelte der Putz. Die Dächer waren in vielen Fällen mit einer Art Wellblech gedeckt, einige Häuser mit roten Ziegeln. Das waren dann etwas schönere Bungalows. Dort wohnt sicher die Elite, dachte ich.

In der Stadtmitte von Owerri waren schon etwas bessere Häuser mit mehreren Etagen zu sehen. Viele in der Farbe Weiß oder Sand Gelb. Auch der Zustand der Häuser war besser als in den Außenbezirken.

Uzoma schickte mir ein Bild von seinem Haus, wo er wohnte. "Hier wohne ich", stand unter dem Bild mit einem grünen Pfeil markiert er seine Wohnung.

Es war ein mehrstöckiges gelbes Haus. Die Fenster klein gehalten und schmal. So wie die Schlafzimmerfenster der Neubauten zu DDR-Zeiten. Wir sagten damals Schießscharten Fenster. Nur hatten diese Fenster keine Verglasung. Sie hatten Ventilationsschlitze aus Metall, die man auf und zu machen konnte. Es muss sehr dunkel sein in solchen Räumen, dachte ich. Einfache Bauweise, aber für das Klima bestimmt effektiv, so meine laienhafte Einschätzung. Vor dem Haus waren jede Menge kleiner und mittlerer Hütten
aufgebaut, die kreuz und quer aneinanderklebten. Die meisten hatten ein Blechwelldach oder einfach Bretter auf dem Dach. Sie sahen aus wie Gartenlauben ohne Fenster, einfach zusammengezimmert. Weiter davor standen einfache Verkaufsstände aus Holz.

Diese Hütten nannte Uzoma Häuser. Wie er mir versicherte wohnten auch Menschen in diesen „Häusern" oder man hatte darin kleine Läden eingerichtet. Diese „Häuser" sahen ehr nach baufälligen Gartenlauben als nach Wohnhäusern aus.

Es ist eine andere Welt, dachte ich, von Armut geprägt aber doch irgendwie schön. Die Einfachheit der Häuser, funktionell ohne Schnickschnack wie bei uns. Sicher sehen die Leute die dort wohnen es anders, auch Uzoma. Dem gefällt es ganz und gar nicht dort leben zu müssen.

hier wohne ich, schrieb Uzoma

Häuser in Owerri

Ich blickte von meinem Küchenfenster auf unsere kleine Siedlung. Saubere Reihenhäuser, jedes anders und doch irgendwie gleich. Alle mit Vorgärten, mal mehr mal weniger. In den hinteren Bereichen war fast immer eine Sitzecke, dem sich meist ein kleiner Garten anschloss. Alles hübsch, sauber und steril. Ganz anders bei Uzoma. Stadtplanung ist dort eher Zufall. Die Häuser werden gebaut, wie Platz vorhanden ist. Es ist nur im inneren Kern der Stadt ein System von winkligen Straßen zu erkennen, im Außenbereich richtet man sich eher nach dem Platz, der zur Verfügung steht. Schmuck an den Häusern oder davor war nicht zu erkennen.

Hingegen meine kreativen Nachbarn hatten da reichhaltige Ideen. Vom Gartenzwerg bis zu Betonskulptur war alles dabei. Einige wollten sich auch noch das Rasenmähen sparen und hatten mit einigen Ladungen Kies alles zugedeckt, um dann Pflanzen im Blumentopf darauf zu stellen.

Da liebte ich mein Garten. Sicher kein Hingucker, ab ökologisch. Wir hatten eine Wiese für Bienen, ein Teil des Gartens, der nicht von meinem Mann hingebungsvoll gemäht wurde. Mein Mann hat einen kleinen Traktor, den er liebt wie früher seinen Trabant. Mit dem transportierte er alles und fuhr auch sehr gern mit Höchstgeschwindigkeit über die zu mähende Rasenfläche. Dabei saß er lässig auf dem Sitz und tuckerte dann über die Wiese. Da er sich auch im Winter nicht von seinem Traktor trennen wollte, wurde der kurzerhand mit einem Schiebeschild versehen. Bei der ersten Schneeflocke wurde er herausgeholt und es ging los. Gab es keinen Schnee war es ein Streufahrzeug. Irgendetwas viel meinem Mann immer ein, um sein Spielzeug zu bewegen.

Ich bedankte mich bei Uzoma für die Bilder und fragte ihn, ob er mir nicht mal Bilder von seiner Umgebung schicken könnte, "Vielleicht morgen", schrieb er zurück. Nach dem üblichen hin und her mit auf Wiedersehen und Smileys, beendete ich den Chat.

Auch hatte meine Katze das dringende Bedürfnis unbedingt jetzt gestreichelt zu werden.

Nachdem ich mir alle Mühe gab, entschied sie sich dann doch für meinen Mann. Irgendwie fand sie seine Streicheleinheiten besser als meine.

Mein Mann griente mich an und sagt, ja du bist ja immer den ganzen Tag auf Arbeit, sie weiß, was sie an mir hat.

Während beide sich auf dem Sofa bequem machten, zappte ich durch die Programme und blieb beim Hundeflüsterer hängen. Aus Rache lies ich das Programm und meine Katze musste sich die Hundeerziehung mit ansehen. Dann drehte sie sich mit leisem Schnurren bequem auf dem Sofa zurecht und schlief ein. Mein Mann knurrte unterdessen und fragte ob wir nicht was Anderes ansehen könnten. Er übernahm die Fernbedienung und suchte im Programm.

Am nächsten Morgen hatte ich von Uzoma schon sehr früh eine „Guten Morgen" auf dem Handy. Er schrieb: „Hast du Schlafmütze endlich ausgeschlafen?"

Ich schrieb zurück: „Von wegen Schlafmütze, ich bin schon lange auf Arbeit".

Dann fragte ich, was er denn so zeitig gemacht hat.

Nach einer Weile kam eine Antwort, mit der ich nicht gerechnet hatte: „Wasser holen". „Wasser holen?" Schrieb ich zurück. „Ja" kam die Antwort.

„Wir haben hier kein Wasser in der Wohnung. Dafür müssen wir weit laufen, um Wasser zu holen. Manchmal mehrmals am Tag". Ich zeig es dir morgen.

„Dafür stehst du zeitig auf?" Fragte ich. „Ja" schrieb Uzoma „Es ist schwer".

Ich fing an nachzudenken wie einfach wir es hier haben. Hahn auf und es fließt je nach Bedarf warmes oder kaltes Wasser, ausreichend geprüft aus der Leitung. Sicher müssen auch wir Wasser sparen, vor allem in den Sommermonaten, wenn es auch bei uns heiß ist. Und längst hat uns auch hier der Klimawandel eingeholt und bestraft uns mit Trockenzeiten, die ich von früher her nicht so kannte. Aber wir haben trotz Klimawandel, Trockenheit und anderen Unwegsamkeit noch immer ausreichend Wasser. Wie lange noch, dachte ich, wie lange? Wissenschaftler oder sogenannte Experten treten immer mal wieder im Fernsehen auf und geben Prognosen ab, die meistens nicht eintreffen.

Wo das Fernsehen immer diese Experten herbekommt, erschließt sich mir nicht.

Aber da gibt es ein Land, in dem ein Uzoma Godspower lebt, der nur unter Schwierigkeiten Zugang zu Wasser hat. Und ob das so rein ist wie bei uns, darf bezweifelt werden. Nigeria ist noch ein Land in Afrika, wo man davon ausgeht, dass ein Großteil der Bevölkerung Zugang zu Trinkwasser hat. Wenn dafür auch weite Wege hingenommen werden müssen.

Uzoma berichtet mir, dass er jeden Tag ca. 30 Minuten zu Fuß zu seiner Trinkwasserquelle laufen muss. Ab er hat wenigstens Wasser. Viele haben das nicht.

Allerdings berichtete mir Uzoma auch, dass das Wasser nicht sauber ist. Das Problem sind dreckige Leitungen und rostende Rohre. Deswegen trinkt seine Mutter lieber Tafelwasser, was sehr teuer ist und was sie sich nicht immer leisten können.

Wasser wird im Rahmen des Klimawandels immer mehr zum Problem auch bei uns.

Trockene Flüsse und Bäche sind der Anfang. Vertrocknete und kranke Wälder kann jetzt schon jeder sehen, wie im Harz und in Thüringen.

Was kann man, was sollte man tun, ohne gleich radikaler „Klima Kleber" zu werden?

Kann ich als Einzelner überhaupt was tun? Bäume pflanzen? Naja hatte ich, Birne, Kirsche und Apfel. Aber reichen wird das bestimmt nicht. Zumal im Sommer diese Bäume zusätzlich gegossen werden.

Am nächsten Tag schickte mir Uzoma wie versprochen ein Bild und ein Video vom Wasserholen. Auf dem Video konnte ich sehen, wie er einen sandigen Weg langläuft, vor sich eine alte Schubkarre mit zwei großen und auch sehr alten Kanistern drin.

Dann sieht man eine Schlange von Menschen, die mit Kanistern anstehen, an einer Wasserstelle irgendwo in Owerri. Frauen, Männer und Kinder standen da. Manche trugen die Kanister über dem Kopf. Bei anderen war der Fortschritt eingezogen und sie hatten Schubkarren, mit denen sie das Wasser in Kanistern transportierten.

Es war niemand aus der reichen Bevölkerung, wie man an der Kleidung sah. Die Männer trugen meist kurze Hosen und den Oberkörper frei oder mit einem einfachen T-Shirt bedeckt. Die Frauen hatten geblümte dünne Kleider an und ein buntes Tuch auf dem Kopf. So wie ich das auf dem Video sah, drängelte niemand, alle standen brav in Reihe und Glied und warteten bis sie dran waren.

Wenn ich mir überlege, für was ich alles Wasser brauche, ich wäre den halben Tag unterwegs um es ran zu schaffen.

Ein Glück, dass wir unser Wasser direkt im Haus haben, überlegte ich. Ich konnte mich aber noch erinnern, wie es war, wenn meine Oma das Wasser auf dem Hof aus dem Brunnen pumpte und es dann in die Küche schleppte. Und da war der Brunnen auf dem Hof schon ein Fortschritt. Später wurde dann eine Leitung ins Haus gelegt und mittels einer Pumpe in der Küche, das Wasser ins Haus gepumpt. Wenn du warmes Wasser wolltest, musstest du den Ofen anheizen und Wasser erwärmen. Für das Waschen wurde Wasser ins Waschhaus geschleppt und im Waschkessel erwärmt. Der Kessel eignete sich auch gut, wenn geschlachtet wurde. Dann wurde darin die Wurst gekocht.

Na ja wie einfach haben wir es heute. Wasser kommt aus der Leitung und die Wurst vom Discounter. Wir sollten das mehr achten!

Ich fragte Uzoma, was er denn so macht den ganzen Tag. Er schrieb „Ich bin zu Hause und mach nichts". „Nur zu Hause"? Fragte ich zurück. „Ja" war die Antwort.

Als Beweis schickte er wieder ein Foto. Er auf einem Bett liegend. Die Umgebung konnte ich nicht sehen. „Es gibt keine Arbeit bei uns, auch nicht, wenn du studiert hast."

„Gehst du manchmal raus?" Fragte ich zurück. „Selten, es ist gefährlich bei uns. Und dann habe ich keine Freunde, außer einen."

Dann bat ich ihn mehr von sich zu erzählen und wenn er nicht reden will, kann er mir stattdessen Fotos schicken. Wir verabredeten uns für den nächsten Tag, ohne zu ahnen was da auf mich zurollte.

Uzoma war also ein arbeitsloser Jugendlicher, der in beengten ärmlichen Verhältnissen mit seiner Familie lebte und sich Geld mit scammen verdiente, wie so viele Jugendliche in Nigeria.

Wasser holen in Owerri

9. Uzoma – sein Leben und ich

Ein ganz normaler Arbeitstag begann. Nicht ganz normal, es hatte wieder geschneit und die Temperaturen lagen bei minus 8 Grad. Das war selten geworden im Januar. Zumal schon die Schneeglöckchen versuchten herauszukommen und die Vögel schon mal den Frühling probten. Die Katze lag auf dem Fensterbrett und lies sich die warme Luft aus der Heizung um die Nase wehen. Nur nicht bewegen hieß ihr Motto. Sie beobachtet die Vögel, die das Futterhäuschen umlagerten.

Mein Mann fuhr mich auf Arbeit. Ein Luxus, den ich liebte bei der Kälte. Sonst fahre ich Zug, aber bei den eisigen Temperaturen war ich froh, im Auto zu sitzen. Wie immer schimpfte er auf die vor- oder hinter ihm fahrenden Autofahrer, egal ob männlich oder weiblich.

Mal war der eine zu langsam unterwegs, mal blinkte der andere nicht oder erst nach dem ihnen eingefallen war, nun doch abzubiegen.

Vor allem Fahrzeugen mit dem Anfangsbuchstaben V für Voigtland wurde häufig zum Ärgernis. Grundsätzlich fuhren diese Autofahrer auf der Überholspur, ohne zu überholen. Was mein Mann zu der Frage veranlasste „Was überholen diese Deppen da?" Auch sprangen sie oft, ohne zu blinken, von einer Spur in die andere. Ach dafür hatte mein Mann die passenden Worte parat: „Wo hat das Bergvolk die Fahrerlaubnis gemacht?"

Meine Arbeitsstelle lag an einer Grundschule. Das bot ein ganz anderes Konfliktpotenzial – die Verkehrshelfer. Ein Völkchen für sich, wie mein Mann sagte.

Insbesondre das uns seit mehreren Jahren bekannte Verkehrshelferpärchen, was mehr oder weniger den Verkehr nach ihrem Sinne regelte.

Diese beiden sehr aktiven Verkehrshelfer sind offensichtlich bereits weit vor dem eigentlichen Einsatz vor Ort und benötigen nach dem Einsatz offensichtlich auch noch etwas Zeit, um eine Nachbereitung vorzunehmen. Will sagen, sie stehen dann auf einer Straßenseite beisammen und unterhalten sich. Teilweise wird diese Unterhaltung dann mit Gesten mit der Kelle untermalt, es werden im Verkehr vorbeikommende Bekannte mit der Kelle gegrüßt. Uns ist es schon mehr als einmal passiert, dass mein Mann auf dieses Gewinkte hin mit Bremsen reagierte, um anschließen über die zwei „Deppen" zu fluchen. Fensterscheibe nach unten und die Frage „Seid ihr jetzig ganz Irre", ist die meist gestellte Frage an die Verkehrshelfer. Leider blieben diese bisher eine Antwort schuldig.

Dann stellt sich für mich immer wieder die Frage, welche Funktion erfüllen diese Verkehrshelfer eigentlich? Nach der althergebrachten Auffassung war ich bisher der Ansicht, dass der Verkehrshelfer dazu da ist, Schülern das gefahrlose Queren verkehrsreicherer Straßen auf ihrem Schulweg zu ermöglichen. Hierzu sollen sie den fließenden Verkehr beobachten und eine geeignete Lücke nutzen, um den fließenden Verkehr anzuhalten und die Schüler queren lassen.

Was dort passiert ist aber etwas grundlegend anderes. Da wird wenige Meter vor dem herannahenden Fahrzeug auf die Straße gesprungen, mit der Kelle herumgefuchtelt und teilweise auch lautstark getadelt, wenn man nicht sofort mit einer Vollbremsung zum Stehen kommt. Es wird also der unbedingte Gehorsam vom Verkehrsteilnehmer gefordert, teilweise gewinnt man den Eindruck, dass auch etwas telepathische Fähigkeiten beim Kraftfahrer gefordert werden, um schon beim Herannahen vorhersehen zu können, wann der Verkehrshelfer sich denn todesmutig in den fließenden Verkehr stürzt. Dann wird sich Zeit gelassen. Viel Zeit. Auch wenn der Schüler noch Hunderte Meter von der Straßenquerung weg ist, sperren die Beiden schon die Straße. Solange bis der Schüler angekommen ist um dann gemütlich mit einem Elternteil die Straße zu überqueren.

Ich sah oft, wie mein Mann kurz davor war ins Lenkrad zu beißen.

Na ja ich hoffe nur, dass die Schüler trotz alle dem keinen Schaden für ihr späteres Leben nehmen und trotz der Vorbildwirkung der Verkehrshelfer noch wissen wie sie eine Straße queren müssen.

Nach diesem alltäglichen Erlebnis mit den Verkehrshelfern, begann ich mein Tagwerk wie immer mit einem fröhlichen lächeln.

In der Mittagspause schrieb ich mich mit Uzoma. Ich fragte hartnäckig nach seinem bisherigen Leben. Dann Schrieb er: „Wir haben früher besser gelebt". „Wie besser?", fragte ich. "Mein Vater hat alles durcheinandergebracht". „Wie durcheinander?"

Nach einigen hin und her erzählte Uzoma mir seine Geschichte untermalt mit Fotos aus der Vergangenheit und der Gegenwart und ich begann langsam ein Bild zu bekommen vom Scammer Wyatt Jonson alias Uzoma Godspower.

Uzoma wurde vor 24 Jahren in Benin, Nigeria geboren. Benin City ist eine Millionen Metropole und die größte Stadt des Bundesstaates Edo und dessen Hauptstadt sowie die drittgrößte Stadt Nigerias.

Benin City war mal das Zentrum des Königreichs Benin und ist das kulturelle Zentrum des Volkes der Edo, die fast ausschließlich in der Stadt und im Umland siedeln. Die Stadt wurde 1897 von den Briten geplündert und zu großen Teilen verwüstet. Heute ist sie bekannt für ihre Gummiindustrie. Die Stadt liegt im Süden des Landes am gleichnamigen Fluss. Das Klima ist feucht-tropisch.

Die Häuser sind ähnlich wie in Owerri. Flache Häuser, nur wenige Hochhäuser prägen das Stadtbild. Die meisten Häuser wurden in Bungalowbauweise errichtet, mit Ziegeldächer. Nur wenige Hochhäuser durchbrechen das ganze Bild. An den Straßen sieht man das gleiche Bild wie in Owerri, kleine Hütten und Verschläge als Verkaufsstände.

Hier in einem dieser flachen Häuser ist Uzoma zur Welt gekommen. Als viertes Kind eine Familie, die damals ein gutes Auskommen über den Getränkehandel des Vaters hatte.

Uzoma hat noch einen älteren Bruder, der im Gegensatz zu ihm eine Arbeit hat. Er hat 2 ältere Schwestern, die seinen Angaben zu Folge zur Schule gehen und studieren. An Benin kann er selbst sich nicht mehr erinnern. Die Familie ist umgezogen nach Emekuku.

Eine Stadt im nigerianischen Bundesstaat Imo und liegt nicht weit weg von Owerri. Auch sind hier die Häuser wie überall eher ein- bis zwei-Stöckig. Uzoma bezeichnet den Ort nicht als Stadt, sondern als Dorf. Abgesehen von den großen Städten wie Owerri, Lagos, Benin ist Emekuku nicht sehr groß, aber dennoch eine Stadt.

Uzoma ist hier aufgewachsen und zur Schule gegangen. Mit seinen Freunden spielte er, wie die Jungs bei uns, am liebsten Fußball. In der Schule war er nicht der beste Schüler.

Aber sehr niedlich, wie er sagte. Aus diesem Grund war er zwar bei den Mädchen sehr beliebt, nicht aber bei den Lehrern. Er hatte nur 2 Freunde, mit denen er spielte. Ansonsten musste er wie sein Bruder frühzeitig dem Vater im Geschäft helfen. Sie wohnten in einem dieser einstöckigen kleinen Häuser. Es gab regelmäßig essen und sie waren gut gekleidete. Kein Vergleich zu jetzt.

Er schickte mir Videos von dieser Zeit als Jugendlicher. So zwischen 16 und 18 Jahren. Er hätte mir hier in meinem Ort begegnen können und wäre zwischen unseren Jugendlichen nicht aufgefallen. Von der Kleidung her Jeans und T-Shirt mit markanten Aufdruck. So wie sie die Jungenleute auch hier tragen. Oder eine Jeans modisch kaputt, na ja mit vom Hersteller bereits eingearbeiteten Löchern.

Dass das mal modisch wird habe ich mir als Kind nie träumen lassen. Ich habe da immer hart dran gearbeitet, Löcher in meine Sachen zu bekommen und wenn es gelang, wurde ich dafür bestraft. Heutzutage musst du viel Geld dafür bezahlen, nur damit die Kleidung kaputt aussieht.

Auch seine Schwestern waren gut angezogen.

Beide trugen langes glattes Haar mal rötlich gefärbt mal schwarz. Oder Sie hatten die Haare zu Zöpfen gebunden. Das Aussehen der Schwestern war sehr unterschiedlich. Während die eine von eher kräftiger Statur war, bekleidet mit einem leuchtend roten Kleid. War die andere Schwester ehr schmal mit langem schwarzen Haar und einer weißen Hose und einem T-Shirt bekleidet. Beide waren aber sehr hübsch.

Ich fragte Uzoma, warum seine Schwestern untypisches langes glattes Haar haben. Er sagte mir, dass hier in Nigeria die Mädchen alle Perücken tragen. „Perücken?" Fragte ich

„Ja", schrieb er zurück. Ich konnte es nicht ganz glauben. Warum nur? Laut Uzoma, wird viel Geld ausgegeben, um eine passende Perücke zu erwerben. Das gilt als schick.

Aber nicht nur in Nigeria wie ich rausgefunden habe. Generell geben afrikanische Frauen viel Geld dafür aus, ihr Haar westlichen Schönheitsidealen anzugleichen. Das krause Naturhaar gilt als unschick. Ich erinnere mich an meine Jugend in den Achtzigern. Da gab es wohl kaum eine Frau, die nicht irgendwann einmal Dauerwellen probierte. Ich eingeschlossen. Ich hatte mir einen Afro-Look, so hieß das wohl damals, Marke Angela Davis, zugelegt. Angela Davis war damals sehr bekannt als eine US-amerikanische Bürgerrechtlerin, Philosophin, Humanwissenschaftlerin und Schriftstellerin. Die Afroamerikanerin wurde in den 1970er-Jahren zur Symbolfigur der Black-Power-Bewegung.

Wir hatten viel Geld und Zeit investiert, um mittels Dauerwelle diesen Look zu bekommen, dazu trug man ein Stirnband, Leggings, Stulpen oder bunte Jogginganzüge. Modisch in waren auch Karottenhosen und Schlaghosen. Mangels Modegeschäfte selbst genäht. Alles war immer eine Größe größer, als man tatsächlich brauchte. Wir müssen in den Achtzigern alle sehr lustig ausgesehen haben.

Uzomas Schwestern gehen den umgekehrten Weg, Perücke statt ihres schönen krausen Haares. Schade eigentlich.

Aber was ist geschehen, warum leben sie in diesen ärmlichen Verhältnissen? Was ist passiert? Uzoma, hatte ich den Eindruck, wollte nicht so gern drüber reden.
Er schickte weiter Fotos aus besseren Zeiten. Bei einem Video saß er auf einen Plastestuhl im Hof unter einem Sonnenschirm. Der Hof war betoniert und nicht sandig.
Uzoma war geschätzt 16 höchstens 17 Jahre alt und trug eine kurze Jeans, modisch kaputt und ein langes weiß-graues Kapuzenshirt. Er wurde von jemanden gefilmt und bemühte sich, nicht in die Kamera zu gucken. Wie alle Jugendlichen in dem Alter versuchte er cool zu wirken, was ihm aber nicht gelang. Immer wieder schielte er in die Kamera, auch wenn er das nicht wollte. Bei aller Lügerei die Uzoma als Wyatt mir aufgetischt hatte. Eins war nicht gelogen, er war zu jener Zeit wirklich niedlich anzusehen.

Ich fragte wieder und wieder, was geschehen war. Es dauerte einige Zeit bis Uzoma sein Schweigen brach.

10. Ich und ein hungriger Uzoma

Bevor Uzoma mir erzählte wie seine Familie in die Situation gekommen ist, schickte er mir noch 2 Videos. „Damit du mich besser verstehst." Stand darunter.

Das eine Video zeigte die Wohnung, nur diesmal etwas deutlicher. Da waren in der Mitte des Zimmers 3 Betten, ziemlich groß hatte ich den Eindruck. Auf den einen lag eine Frau. Im hinteren Bereich stand ein kleiner Schreibtisch mit einem Laptop, dort arbeitet ein Mädchen. Eine seiner Schwestern vermutlich. In einer dunklen Ecke stand ein Ventilator und an der Wand hing ein kleiner Spiegel. Neben dem Spiegel war einen Perückenkopf zusehen. Auf der anderen Seite standen nicht fertig gebaute Regale. In den Regalen waren Taschen übereinandergestapelt. Wahrscheinlich die Habseligkeiten der Familie. Ebenfalls stand an die Wand gelehnt, vermutlich ein Blaues Regal oder besser eher ein Bettgestell, was aus Platzmangel an die Wand gestellt wurde. Dieses Regal oder Bettgestell diente dazu, mehrere prallgefüllte Plastiktaschen und Beutel zu beherbergen. Kein Sofa, kein Tisch. Nichts dergleichen. Das Fenster schmal und klein ohne Glas mit Metallstreben.

Dann konnte man einen kleinen Durchgang zu einer eher winzigen Küche erkennen. Ohne Herd. Nur ein Küchenschrank der so ähnlich aussah wie bei uns in den 60iger Jahren.

*Uzomas Wohnung –
ein kleiner Ausschnitt
der das Delemma deutlich macht*

Das zweite Video war außen aufgenommen. Es zeigt, dass die Wohnung dicht an der Straße lag, die zweispurig verlief. Der Fußgängerweg war nicht befestigt und bestand aus festgetrampelten Sand. Neben dem Fußgängerweg verlief ein offener Graben, der nur durch sandige Übergänge unterbrochen wird. In dem Graben kann man allerlei Plastikmüll entdecken. Ich glaube, dafür war der Graben ursprünglich nicht gedacht.

Uzoma schrieb im Chat, dass er und seine Familie einige Zeit in Emekuku lebten und schickte ein Bild mit einem

Haus. Das Haus war Flach und ebenerdig. Ursprünglich grünlich-blau gestrichen. Im unteren Teil war sowohl Putz als auch Farbe ab. Vor dem Dach waren Lüftungsschlitze. Der Eingang schmückte eine hübsche Holztür. Die Fenster waren ohne Glas nur mit Fensterläden zum Verschließen. Das war das Haus meiner Mutter, schrieb er darunter. Jetzt gehört es uns nicht mehr.

Ich versuchte, um meine unbändige Neugier zu befriedigen, nun eine andere Taktik.

„Kommst du eher nach deinem Vater oder deiner Mutter"? Fragte ich ein wenig scheinheilig.

„No, No, No," kam gleich die Antwort. „Nicht nach meinem Vater. Der ist an allem schuld." „Oh", sagte ich. Jetzt etwas zurückhaltender.

Und dann begann er endlich zu erzählen. „Bis vor drei Jahren", erzählt er, "war alles gut. Dann fing der Vater an zu trinken. Viele trinken hier,", schrieb er.

„Er war immer betrunken. Am Anfang merkten wir nicht so viel. Wir hatten ja unseren Spaß mit unseren Freunden und gingen alle noch zur Schule. Aber dann fing er an zu schreien und unsere Mutter zu beschimpfen, sie würde zu viel Geld ausgeben."

„Es war bald nicht mehr auszuhalten."

Ich schrieb zurück: „Alkohol sei auch ein Problem hierzulande und hat schon viele Familien zerstört." „Ja" schrieb er, „unsere auch".

Ich wollte nicht weiter bohren und sagte, dass wir morgen weitersprechen würden. Ich merkte das es ihm schwer viel.

Dann fragte Uzoma, was es bei mir heute zu esse gibt. Ich sagte, dass wir abends meistens Brot und Wurst essen. „Okay das ist schön", sagte er.

Ich wunderte mich, warum er immer Bilder von unserem Essen haben wollte.

Er sagte mir auf meine Frage „Na ja ich hatte dir versprochen nicht mehr zu lügen."

„Ja", sagte ich. „Das hattest du."

Dann schrieb er: „Ich sage manchmal das ich was gegessen habe, damit du dir keine Sorgen machst. Aber ich habe nichts gegessen. Manchmal haben wir alle nichts zu essen. Wir warten bis Mama kommt. Manchmal bringt sie was, manchmal nicht". Ich bin immer so hungrig, verstehst du?"

„Ja", sagte ich. Unfähig was Anderes zu sagen.

„Hallo, bist du noch da?" Kam nach einer Weile Uzomas Frage. Ich schrieb: „Ich bin hier Uzoma". Was sollte ich auch sagen. Ich wusste nicht, was ich darauf antworten sollte.

Ich belegte eine Platte mit Wurst, kochte Eier für einen Salat und schnitt Brot. Am liebsten hätte ich alles zusammengepackt und zu Uzoma geschickt. Schlagartig war mein Appetit weg und ich aß nur aus Gewohnheit. Am anderen Ende der Welt saß eine Junge, der auf meine Bilder von unserem Essen wartete, um sich dran zu erfreuen, weil er selbst nichts hatte. Wie verrückt ist diese Welt.

Am nächsten Morgen war heiter Sonnenschein und Tauwetter setzte an. Endlich würde der Winter verschwinden, so dachte ich. Unsere Fahrt zur Arbeit fiel wie jeden Morgen aus, einschließlich Verkehrshelfer. Trotz ihrer straffen Arbeit, kein Auto vorbei zu lassen, schafften wir es immer pünktlich auf Arbeit.

Am Abend erwartete mich Uzoma schon im Chat und fragte wir mein Tag so war.
Ich berichtete über mein Erleben und fragte gleichzeitig, ob er was gegessen hatte. Ja, sagte er Nudeln. „Oh gut!", erwiderte ich.
Er schickte ein Foto. Es war eine Blechschüssel, in der sich dünne Nudeln befanden, die mit einem gebratenen Ei abgedeckt waren. Es sah für meine Begriffe nicht sehr appetitlich aus. Aber egal, dachte ich, Hauptsache was zu essen.

Dann versuchte ich an den gestrigen Tag anzuknüpfen und fragte, wie es weiterging. Nach anfänglich versuchten Ablenkungsmanövern lenkte ich das Gespräch im Chat wieder auf das besagte Thema „Vater und Alkohol."

Uzoma erzählte nun, dass es mit dem Vater schlimmer wurde. Zum Schluss beschuldigte er, seine Frau mit einem anderen Mann geschlafen zu haben. Im alkoholisierten Zustand gab es Schläge. Er schlug seine Frau und die Töchter und beschimpfte sie. Letztendlich schmiss er seine Frau mit den Töchtern und dem ältesten Sohn raus. Er, Uzoma, blieb vorerst beim Vater. Aber nach einiger Zeit, auch um eine bessere Position bei der Scheidung zu haben, erzählte er überall und auch in der Familie, dass seine Frau ihm betrogen hatte und Uzoma als Zeuge das bestätigen würde. Schließlich hätte er alles gesehen. Dazu muss man sagen die Familie ist streng katholisch und eine Scheidung eigentlich nicht vorgesehen. Laut Uzoma wird der Schuldige in der Gemeinschaft geächtet. Das ist hier in unserer Gemeinde so, schrieb dazu Uzoma.

Uzoma erzählte weiter, dass seine Mutter ihm gebeten habe, in Gottesnamen die Wahrheit zu sagen. Sie wollte nicht geächtet werden. Zumal diese Aussage auch tatsächlich nicht stimmte. So ging Uzoma, wie es in Nigeria wohl üblich ist, zu den Brüdern der Mutter und erzählte, dass der Vater im alkoholisierten Zustand diese Unwahrheit verbreiten ließ. Das führte dazu, dass der Vater seine ganze Wut an Uzoma ausließ. Er schmiss ihn raus und verbrannte seine ganzen Sachen. Seine Bücher, seine CDs, seine Anziehsachen. Nur mit einer kleinen Reisetasche und ein paar geretteten Habseligkeiten stand Uzoma auf der Straße. Er war einige Zeit obdachlos. Was in Nigeria an sich sehr gefährlich ist.

Da verschwinden ständig Menschen. Nach neusten Statistiken gelten 25.000 Menschen als vermiest. Und die Dunkelziffer dürfte Höher sein. Niemand hat die Vermissten je wiedergesehen, vorwiegend Frauen und Kinder sind die Betroffenen. Wohin sie verschleppt wurden weis Niemand und auch die Regierung Nigerias ist scheinbar machtlos.
Nach einiger Zeit in der Obdachlosigkeit fand Uzoma seine Mutter und seine Schwestern wieder. Sie nahm ihn zwar auf, aber das sollte nicht auf Dauer sein, wie wir später gemeinsam herausfanden.

Diese Familien Geschichte hätte auch hier in Deutschland oder sonst auf der Welt stattfinden können. Der Alkohol und auch die Drogen haben schon viele Leben zerstört.

Anfangs hatte ich euch ja erzählt, dass wir in der damaligen DDR ein sehr heftiges Alkoholproblem hatten. Es wurde nicht besser nur, weil die Wende kam. Nein wir haben inzwischen ein ganz deutsches Alkoholproblem. Daran verdienen nur die Hersteller. Alle andern verlieren, erst die Gesundheit, dann die Familie und als letztes den Verstand.

Aber wir sind ein Land, wo es auch möglich ist, mit der Hilfe des Staates und auch mit Selbsthilfe aus diesem Kreislauf herauszukommen.

In Nigeria ist das nicht so einfach im Gegenteil. Wie mir Uzoma im Chat schrieb, gehören zum Beispiel Alkohol und Autofahren in Nigeria eng zusammen. Das zu trennen wäre gut, aber den Menschen in dem Land würde es vorkommen, als würde man ein Krokodil aus dem Fluss jagen. So ist wohl in Nigeria sowie in weiten Teilen Afrikas das Autofahren unter Alkohol die Norm. Theoretisch gibt es zwar ein Gesetz, das Trunkenheitsfahrten verbietet. Aber wer kontrolliert das schon in einem Land, wo Korruption und Ignoranz an der Tagesordnung stehen. Alkohol ist in Afrika längst ein Lifestyleprodukt. Ausländische Firmen haben das erkannt und umwerben gerade junge Menschen und die Mittelschicht, ihre Getränke zu kaufen. Gefährlich, sehr gefährlich auch an Hand der vielen arbeitslosen Jugendlichen, von denen viele auf der Straße leben, wie mir Uzoma berichtet hat. Er schickte mir ein Foto von einer Bretterbude. Diese Bretterbude bezeichnete er als Bar. Dort bekommt man billig Alkohol, schrieb mir Uzoma. Nach der Alterskontrolle fragte ich nicht. Ich sah auf dem Bild viele Junge Leute.

Uzoma selbst erzählt mir, dass er den Alkohol meide. Er will nicht so werden wie sein Vater.

Zu seinem Vater hat er, seitdem er ihn rausgeschmissen hatte, keinen Kontakt und will auch definitiv nicht über ihn sprechen. Wenn ich seine Worte richtig deute, hängt er sehr an seiner Mutter. Sie hat als Einzige in der Familie eine Arbeit und zwar in einem Unterwäschegeschäft für Frauen. Es ist keine einfache Arbeit, sagte mir Uzoma. Der Grund ist, dass die Händler die Ware nach Owerri an einen zentralen Ort bringen. Dann erhält seine Mutter einen Anruf, wo die Ware für das Geschäft abzuholen ist. So müssen die schweren Taschen quer durch die Stadt ins Verkaufsgeschäft getragen werden. Was eine etwas bessere Bretterbude ist. Oft übernimmt Uzoma diese Aufgabe, da das für die Mutter immer schwerer wird, die Ware zu tragen. Sie ist schon 59. Viel verdient sie nicht. Es ist das einzige Einkommen für die Familie. Der größere Bruder bringt auch etwas Geld mit nach Hause von seiner Arbeit. Aber es reicht kaum für eine 5-köpfige Familie. Aus diesem Grund esse Sie nur 1-mal am Tag, wenn überhaupt.

Uzoma erzählte mir auch, dass er wegen seinem Vater, seinen Schulabschluss nicht machen konnte. Seine Mutter ist nicht in der Lage dafür das Geld zusammenzubekommen. Und einen Job für ihn gibt es nicht. Eigentlich für niemanden, egal welche Ausbildung du hast, meint Uzoma.

„Uzoma, fragte ich, „was für ein Abschluss ist das?"

„WAEC Abschluss" kam die Antwort. Ich merkte, so richtig wollte er nicht darüber sprechen und so versuchten wir belanglose Worte zum Wetter auszutauschen.

Ich fragte erstmal nicht weiter. Auch musste ich die Informationen erst einmal selbst verarbeiten.

Also dachte ich, so sieht also das Leben eine Scammer aus. Eines und es gibt Tausende, die versuchen mit der Betrugsmasche ihre Familien zu unterstützen.

Wie ich bei Dr. Google erfahren durfte, gibt es im Netz viele Informationen darüber.

Es gibt aber auch richtig pfiffige Betroffene, die den Spieß einfach umdrehen. Sie lügen den Scammer ebenfalls die Taschen voll. So hat eine Frau ihrem vermeidlichen Romantikscammer erzählt sie sei Witwe, obwohl das nicht stimmte. Sie schrieb im Netz, das sie das Wort Witwe noch nicht fertig geschrieben hatte, da legte ihr Scammer auch schon los. Wie schön sie sei, wie hübsch usw. Sie fand es lustig, ihn auf die Weise zu veräppeln und betrachtete es als Spiel, zumal der Betrüger nicht merkte, dass er selber der Betrogene war.

Aber ich denke im Grunde sind die kleinen Scammer, und da meine ich nicht die in Banden organisiert sind, ganz arme Gestalten, die eigentlich nur versuchen am Leben zu bleiben.

So hat mir Uzoma von einem Jungen erzählt, der seit dem 10. Lebensjahr auf der Straße lebt und versucht jetzt mit 16 auf diese Art und Weise im Internetcafé Leute abzuzocken. Er hat kein Schulabschluss und Niemanden, der sich kümmert. Er versucht auf diese Weise an Geld zu kommen, zum Überleben. Da fragt man sich doch, was machen eigentlich die vielen Organisationen, die immer eine Spende wollen. Kommt das Geld wirklich bei denen die Hilfe brauchen an?

Ist es vielleicht nicht besser, wen jeder etwas von seinem Überfluss abgibt und einer Person direkt hilft, einer die wirkliche Hilfe braucht? Wenn jeder etwas beiträgt, dann muss doch ein Überleben für alle möglich sein?

Ja so ist es, auf dem Sofa sitzend mit eine Tasse Kaffee und ein Stück selbstgebackenen Kuchen ist es leicht zu philosophieren.

Da viel mir ein, was meine 9jährige Enkelin mir gesagt hat. Sie fand einen Spruch so gut, dass sie Ihn in ihr Ethikheft schrieb.

Der Spruch lautet: Die Menschen haben gelernt, wie die Vögel zu fliegen, wie Fische zu schwimmen, doch wir haben die einfache Kunst verlernt, wie Brüder zu leben. Es ist ein Zitat von Martin Luther King, dem US-amerikanischen Bürgerrechtler. Und es trifft genau den Punkt.

Mit Blick auf meine Katze und ihren vollen Futternapf dachte ich, das hier in Deutschland so manches Haustier ein besseres Leben hat, als Kinder in Afrika, Brasilien oder sonst wo auf der Welt.

Am Abend versuchte ich Uzoma und sein bisheriges Leben, einschließlich das als Scammer zu verstehen. Abgesehen davon hatte ich in der Zwischenzeit reichlich Follower und wurde von über 60, meist männlichen gutaussehenden Typen gefolgt.

Uzoma war einer von Ihnen, dachte ich. Alles junge Männer ohne Arbeit, mit dem festen Willen durch Betrug ihren Lebensunterhalt zu verdienen. Wie sie wirklich aussehen, was sie wirklich sind, weiß niemand.

Ich bin dabei hinter die Kulissen zu schauen und die Welt die sich auftut, ist alles andere als rosarot.

Ich sehe einen jungen Mann dessen Familie auseinanderbrach. Der aus einer guten Mittelschicht in die

Obdachlosigkeit abrutschte. Ob da allein der Vater mit seinem Alkoholproblem die alleinige Schuld trägt, wage ich nicht zu beurteilen.

Aber wie schnell es geht, wenn eine halbwegs intakte Familie auseinanderbricht und eh man sich versieht, findet man sich auf der Straße wieder.

Ich glaube, wenn man mit Obdachlose in Berlin oder anderswo spricht, wird man vielleicht eine ähnliche Geschichte hören. Nur die scammen nicht.

11. Uzoma, ich und seine Familie

Es schneite wiedermal und die Temperaturen waren im Keller. Minus 7 Grad, das hatten wir lange nicht. Laut Wetterdienst und einigen Experten, würde sich die kalte Wetterlage bis in den Februar hineinziehen. Merkwürdigerweise schneite es jedoch immer am Wochenende. Naja wer weiß, wer da wieder die Planung gemacht hat.

Uzoma fragte an, wie das Wetter den so bei uns ist. Und ich schrib ihn über die klirrende Kälte und den vielen Schnee. Dann fragte ich zurück „Kennst du Schnee?" „Nein" war die schnelle Antwort. Ich versuchte es zu erklären. Mehr oder weniger unbeholfen fragte ich, ob sie zu Hause einen Kühlschrank haben. „Nein" war die zu erwartende Antwort.

Dann sagte ich Uzoma, dass ich ein Video mache und es ihm schicke. „Okay ich warte", schrieb er zurück.

Also nahm ich mein Handy und ging hinaus. Draußen war es wirklich kalt und der Schnee viel in großen Flocken. Ich filmte drauflos, den Schnee, die verschneite Landschaft. Dann drehte ich die Kamera zu mir und versucht mit Anschaulichen Material, indem ich Schnee zwischen die Finger rieseln lies, gemischt mit etwas verwirrenden Englisch, Uzoma den Schnee zu erklären. Ich musste selbst über mich lachen. Als mein Dokumentarfilm fertig war, schickte ich ihn los.

Nach einer Weile meldete sich Uzoma per Videoanruf zurück. Ich verstand nicht alles. Aber er lachte zum ersten Mal, bisher hatte ich ihn nur ernst gesehen.

Er lachte und hinter ihm tauchte ein anderer Mann auf der mich mit „Hallo" begrüßte. Soweit ich die beiden verstand, fanden sie mein Video sehr lustig.

„Du bist so lustig", schrieb mir Uzoma. Wir haben dein Video schon 5-mal angeschaut.

Oh dachte ich, jetzt bin ich in Afrika als Komikerin unterwegs.

Ich fragte ihn, wer der Mann hinter ihm war. „Es ist mein Freund, mein einziger guter Freund".

„Oh, kannst du mir etwas über ihn erzählen Uzoma"? Um sich viel Worte zu sparen, schickte er mir einige Fotos und Videos.

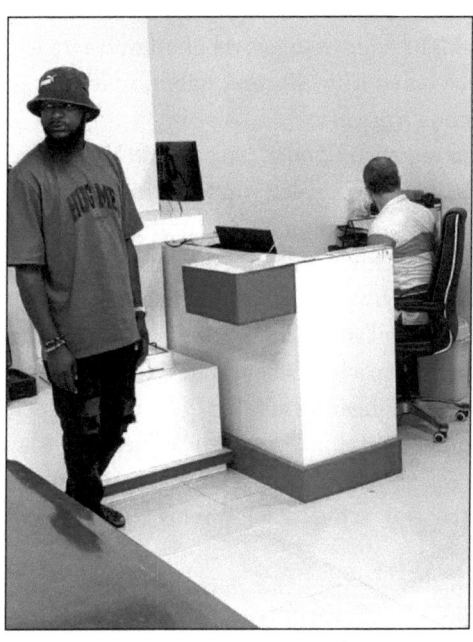

Ramzy, Uzomas Freund

Auf dem Foto war ein hochgewachsener Mann zu sehen mit einem drei Tage Bart und einem dunkelgrünen Jeans Hut. Passend dazu ein T-Shirt und eine schwarze Jeans Hose. Er wirkte auf dem Foto sehr groß und kräftig und war auch viel älter als Uzoma.

„Er gibt mir immer Essen aus und hilft mir manchmal". Er hat ein Herrengeschäft.

„Aber er ist älter als du." „Ja 6 Jahre", schrieb er.

„Hast du wirklich keine Freunde in deinem Alter?" „Nein, die meisten wohnen dort, wo ich in die Schule gegangen bin und sind nicht hier". „Emekuku?" Fragte ich. „Ja", sagte Uzoma.

„Ich habe da einen Freund, erzählte Uzoma weiter. Meine anderen Freunde sind meistens in die Geschäfte ihrer Eltern eingestiegen oder haben studiert. Ich bin noch übrig."

„Noch übrig?" fragte ich zurück. „Ja, wegen meinem Vater konnte ich nicht meine Schule zu Ende machen." Oh das ist nicht schön", schrieb ich zurück.

„Ja und jetzt habe ich keine Freunde weiter. Wer will denn schon mit einem armen Jungen, der nichts hat herumhängen?" Ja, dachte ich, wer will das schon. Es ist wie überall, hast du Geld hast du Freunde. Meistens falsche Freunde. Richtige Freunde sind da, wenn es dir nicht so gut geht. So wie der Junge kräftige Mann, der Uzoma hilft, denk ich so für mich.

Dann wagte ich die Frage aller Fragen. „Uzoma?" tastete ich mich langsam vor, „du bist doch schon 24, richtig?" „Ja", schrieb er. „Sag mal, hast du denn keine Freundin?"

„Wieso, ich habe doch dich!" Uff. „Was?" Schrieb ich zurück. „Du hast mich?" „Aber das geht doch nicht Uzoma". „Warum nicht?" Fragte er mit einem Smiley Herzchen.

„Uzoma, schrieb ich zurück, ich bin erstens viel zu alt für dich und zweitens glücklich verheiratet. Das geht auf keinen Fall. Meine Kinder sind so alt wie du und Älter."

„Aber ich mag dich doch und außerdem habe ich mich an dich gewöhnt", war die Antwort.

Das schrieb ein junger Mann von 24 an eine dreimal so alte Frau. Wie verrückt ist das denn. Ich lehnte mich zurück und holte erstmal tief Luft. Meine Katze sah mich streng an und öffnete den Mund zu einem unbedeutenden Miauen. „Bist du auch an mich gewöhnt?" Fragte ich sie. Sie sah mich nur weiter streng in die Augen, bis ich verstand – der Futternapf war leer. Ich quälte mich aus dem Sessel hoch und meine Katze lief leise miauend vor mir her, als würde sie mir den Weg zum Futter zeigen wollen.

Als ich meine Katze versorgt hatte, nahm ich wieder Platz und sah auf dem Handy, eine Hallo wo bist du-Frage von Uzoma.

„Hab ich dich verschreckt?" Fragte er. „Nein das nicht", erwiderte ich. „Aber Uzoma wir können nur Freunde sein, verstehst du?" „Okay", schrieb er.

Ich dachte dann, was soll es und bohrte weiter. „Hast du noch nie eine Freundin gehabt Uzoma?" „Doch schon, aber wir haben uns vor drei Jahren getrennt". Sie wollte nicht mit einem armen Jungen wie mich zusammen sein."

„Oh", hatte sie dich nicht gern?" „Am Anfang schon", schrieb er, „aber dann wollte sie nicht mehr, weil ich kein Geld hatte."

Vor 3 Jahren, dachte ich, da war das doch mit dem Vater, der seine Familie aus dem Haus gejagt hatte. Passt irgendwie zusammen, dachte ich.

Dann schickte mir Uzoma ein Foto, auf dem ein Mädchen zu sehen war. Braune, nicht sehr dunkle Hautfarbe. Große Lippen und eine breite Nase, die gut zum Gesicht passten. Trotz Sonnenbrille konnte man die dunklen Augen erkennen. Die Haare waren zu kleinen Zöpfen geflochten. Sie trug eine weiße Bluse, ich vermute mal, dass das die Schulkleidung war. Sie wirkte sehr ernst und etwas streng. Aber alles im allen ein hübsches Mädchen.

Mit einem traurigen Smiley schrieb er: „Sie hat mich verlassen, obwohl ich immer fürsorglich war und mich um sie gekümmert haben. Ich habe alles gemacht, was möglich war. Aber sie wollte nicht mit jemanden wie mich zusammen sein. Ohne Geld."

„Das ist hier so", schrieb er weiter. „Die Mädchen hier wollen alle nur dein Geld. Ihnen ist es egal, wie du bist, Hauptsache du hast Geld. Das ist hier sehr wichtig."

Während Uzoma das schrieb, überlegte ich, wie ich ihn trösten konnte. Wirken den hier die alten Klischees? So wie: „Ich würde gern für dich da sein. Willst du mir sagen, woran du gerade denkst?", „Ich fühl' mit dir. Magst du reden?", „Ich kann verstehen, dass es dir nicht gut geht."

Aber würde das Uzoma helfen? Ich fragte weiter munter drauf los, aber versuchte auch, etwas Mitgefühl für seine Situation zu zeigen.

„Uzoma, schrieb ich, das ist nicht schön, was dir da passiert ist. Aber du wirst eines Tages schon die Richtige finden, die dich so nimmt wie du eben bist. Glaub mir, jeder bekommt seine Chance." Na da hatte ich ja was losgetreten, meine ewige Neugier.

Uzoma schrieb: „Ich will keine Nigerianerin von hier heiraten. Die sind alle nur auf das Geld aus. Ich möchte gern ein weißes Mädchen kennenlernen und heiraten. Kannst du da helfen".

„Uzoma", sagte ich, „wie stellst du dir das denn vor? So was musst du alleine regeln, da kann ich nicht vermitteln." „Warum?", kam prompt die Frage. „Na die Mädchen hier wollen dich bestimm Live sehen, verstehst du?" „Ich kann nicht für dich auf der Straße Mädchen ansprechen und fragen, ob die mit dir zusammen sein wollen."

„Das, Uzoma musst du schon selbst machen."

Er schickte ein Foto von sich. Man sah, dass das Bild bearbeitet war. Pickel und Unebenheiten der Haut waren rausretuschiert und dann die Haut mit rotem Glitter geschmückt. Wirbt man so in Nigeria um ein Mädchen, dachte ich, merkwürdige Methoden. Der Mund war zu einem Kuss gespitzt.

„Was soll ich mit dem Bild? War prompt meine Frage. „Ich sehe doch hübsch aus. Zeig das Bild einem Mädchen!" War seine Antwort. Oje dachte ich, jetzt ist er auch noch eitel. Ich schrieb: Uzoma, du siehst wunderschön aus, aber ich glaube, die Mädchen wollen dich hier sehen wie du bist, verstehst du?" „Wirklich?" war seine Antwort.

„Weist du, schieb ich zurück, damit sich ein Mädchen in dich verliebt, musst du auf verbale und nonverbale Weise Anziehung schaffen. Außerdem musst du ihr deine liebenswerten Qualitäten zeigen und dir die Zeit nehmen, sie kennenzulernen. Vor allem aber sei du selbst und respektiere sie für das, was sie ist. Verstehst du das?"

„Nein nicht wirklich." Na ja vielleicht war ich da ein bisschen zu intellektuell.

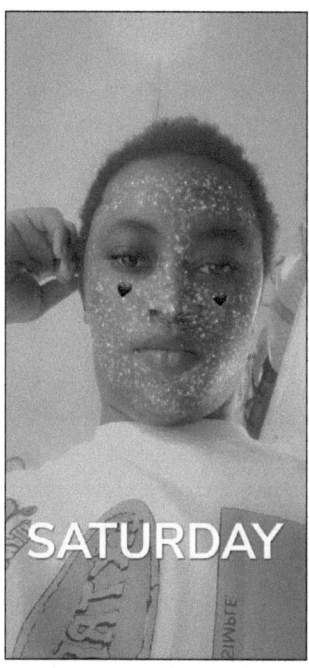

Uzoma macht sich hübsch

„Uzoma, schrieb ich wieder, sei einfach so, wie du bist. Man muss sich nicht verstellen. Früh oder später muss man sich eh outen."

„Verstehst du das?" „Ja, aber hier sind alle anders, in unserem Land ist es anders.

Ich will kein Mädchen aus unserem Land."

„Uzoma, da werden aber all die hübschen Mädchen sehr traurig sein, wenn sie auf so einen hübschen Jungen verzichten müssen". Ich schickte den Worten noch ein lachender Smiley hinterher und er schickte einen zurück.

„Kann ich später noch mit dir reden, meine Schwester geht mit mir essen." Aber ja.", schrieb ich.

„Wir gehen in die Chicken Republik". „Wohin geht ihr? Was für Land ist das denn?" Fragte ich mit einem schmunzelnden Smiley.

„Das ist ein Restaurant, dort gibt es nur Hühnchen und Reis."

„Guten Appetit", schrieb ich kurz. Ich merkte, er war aufgeregt und hatte es eilig.

Na dann Chicken Republik!

Spät am Abend schickte mir Uzoma ein Video von diesem Restaurant. Es war ein Fast Food Restaurant ähnlich wie McDonald. Das Personal trug jeweils ein rotes T-Shirt und graue Mützen. Vor dem und über den Tresen lagen oder hingen Bilder mit Gerichten, die man aussuchen konnte. Eine Speisekarte nur ohne Text. Es sah alles in allen sehr neu und europäisch aus. Das gesamte Restaurant machte einen sauberen Eindruck.

Dann wurde Uzoma eingeblendet. Seine Schwester filmte ihn. Da war er wieder, der traurige und strenge Blick. Er Ass etwas Gebratenes, was entsprechend dem Lokal Huhn sein musste.

Dann war da noch gelber Reis und eine Art Krautsalat. Dazu eine Flasche Sprite.

Er blickte nicht einmal auf und man sah, dass er das Essen nicht hinterschlang, sondern jeden Bissen genoss. Dann kam seine Schwester ins Bild. Eine hübsche junge Frau. Die Haut nicht so sehr Dunkel, leicht geschminkte Augen und Lippen. Die natürlichen Haare unter einer schwarzroten Perücke mit langem glatten Haar versteckt.

Sie blickte direkt in die Kamera und spielte geradezu mit ihr. Sie drehte ihren Kopf hin und her und macht zu mir in die Kamera einen Kuss Mund.

Das macht Sie immer so, wird mir später ihr Bruder schreiben.

Zwei hübsche junge Leute im Fast Food Restaurant. Das könnte überall stattfinden und steht im Gegensatz zu dem, was ich sonst von Uzoma zu sehen bekam. Er verbringt hier mit seiner Schwerster ein paar schöne Minuten, weg von dem Alltag, den ich sonst zu sehen bekomme.

Uzoma in der Chicken Republick

Ich machte für uns das Abendessen, während mein Mann noch mit dem Trecker seine Runden auf unserm Grundstück drehte. Schließlich lag Schnee und jede noch so kleine Schneeflocke musste zur Seite geschoben werden.

Huhn gab es nicht. Es gab ein Traditionelles ungesundes rein deutsches Essen. Bratkartoffeln und Spiegelei. Dazu gab es noch frischen Salat. Ich mag das Essen, wie gesagt nicht so sehr gesund. Aber das hat seinen Grund. Ich nehme für die Bartkartoffeln meist rohe Kartoffeln, eine Zwiebel, Salz, Pfeffer und brate beides langsam in der Pfanne und zwar mit Butter. Keine Oliven oder sonstiges Öl, nein die gute teure Butter wird zum Braten in der Pfanne genommen. Abgeschmeckt werden die Kartoffeln mit etwas Majoran und Petersilie. Im Sommer mit Schnittlauch aus dem Garten. Lecker. Natürlich nichts für Kalorienzähler.

Nach dem Essen ging ich an die Luft. Es war noch kälter geworden und die Sterne glitzerten am Himmel. Ich ließ mir noch mal alles durch den Kopf gehen.

Die Worte „ich habe mich an dich gewöhnt", gingen mir nicht aus dem Kopf. Was um alles in der Welt ist passiert? Ich wollte doch nur meine Neugier befriedigen, ursprünglich jedenfalls und eine Scammer entlarven. Gewöhnlich hängen die Betrogenen in vollem Liebesglück an ihren Scammern, die da Soldaten, Ärzte und sonst noch was sind. Und bei mir ist es umgekehrt. Wie oder wann ist das den passiert? Bin ich für ihn eine Stütze, die ihm Mut zuspricht und versucht mit Worten den trostlosen Alltag etwas besser zu machen? Was bin ich eigentlich? Ich rede mit ihm fast jeden Tag, versuche sein Leben zu verstehen, gebe ihm Trost und zeige ihm meine Welt.

Versuch zu erklären, das auch bei uns nicht immer die Sonne scheint. Auch hier gibt es leid. Auch hier gibt es Menschen ohne Bleibe und Perspektive. Er zeigt mir sein Leben in Bildern und Videos. Von Menschen die versuch zu überleben.

12. Uzomas, ich und die Schule

Die Woche begann mit Regen und starken Stürmen. Es war ein nasskaltes Wetter.

Ein Wetter wo man lieber drinnen als draußen ist. Dem Wetter zum Trotz ging es auf Arbeit und die Stimmung dort glich den Wetterbedingungen draußen.

Wie überall waren die Menschen auf Grund des auf und ab`s der Temperaturen und des nasskalten Wetters wenig zum Lachen aufgelegt.

Mann diskutierte über die mehr oder wenigen gelungenen oder nicht gelungenen Entscheidungen der Regierung und über Anne Will Sendung zur Bundeswehr.

Haupttenor war in der Sendung, das Unvermögen der Deutschen sich im Kriegsfall verteidigen zu können. Da wurde direkt aus dem Verteidigungsministerium zugegeben, dass es keine verteidigungsfähigen Streitkräfte mehr gibt.

Es sei von allem zu wenig da, legte die Wehrbeauftragte bei der Sendung von Anne Will nach. Dass diese ernüchternden Bestandsaufnahmen alles andere als neue Erkenntnisse sind, wussten bei mir alle Kollegen und Kolleginnen, als selbst ernannte Experten in Sachen Bundeswehr. Dabei waren sich alle einig, dass die Machthaber in China und Putin sich bestimmt auch sehr interessiert die Sendung angeschaut haben.

Die Zeitenwende, die Scholz versprach, war eben noch nicht eingetroffen und lies auf sich warten. Ergibt sich daraus allerdings die Frage, was machen die mit unserem Geld, wenn nichts da ist. Auch da wussten meine lieben

Kollegen eine Antwort. Die Reisen zuviel anstatt sich hier zu kümmern. Nach so viel Expertenwissen holte ich mir eine Tasse Kaffee aus der Küche und begann meinen Computer mit meiner Art Expertenwissen zu füttern.

Am Nachmittag kam dann doch noch die Sonne heraus und es wurde schön. Wer hätte das gedacht. Man traf auf den Straßen Menschen, die lächelten und nicht gehetzt aussahen. Da ging einen doch das Herz auf.

Dann meldete sich Uzoma. Ich fragte ihm, was er so gemacht hatte den ganzen Tag. „Nichts", war die Antwort. „Es ist so langweilig".

Ich fragte weiter, warum er sich nicht einen Job sucht. „Es gibt keinen, das habe ich dir doch schon erzählt". „Auch wenn du studiert hast, bekommst du keine Arbeit", schrieb Uzoma weiter. „Ich habe schon versucht. Aber nichts". „Und" so Uzoma, „habe ich keinen Abschluss. Mein Vater bezahlt kein Schulgeld."

Ich überlegte kurz. Dann schrieb ich: „Uzoma eine Ausbildung, egal welche ist besser auch für dich und deine Zukunft. Vielleicht kann ich dir dabei helfen. Überlege es dir".

„Okay" schrieb er zurück.

Was hatte ich damit nur wieder ausgelöst. Ich ahnte, dass diese unüberlegten Worte ich bestimmt noch bereuen würde.

Ich lass bei Dr. Google, das laut einer internationalen Studie aktuell mehr als 100 Millionen junge Menschen zwischen 15 und 25 Jahren einen Job auf dem afrikanischen Arbeitsmarkt suchen. Nigeria eingeschlossen. Und trotzdem finden viele Firmen, die nach Auszubildenden und Fachkräften suchen, kein passendes Personal. Zu groß ist die Diskrepanz zwischen der schulischen Ausbildung und den Bedürfnissen der Wirtschaft. Zudem machen viele der Jugendlichen nach dem Schulabschluss weder eine Ausbildung noch ein Praktikum oder haben einen qualifizierten Arbeitsplatz. Internationale Unternehmen, die vor Ort tätig sind oder es werden wollen, stellt die Suche nach geeignetem Personal daher vor große Herausforderungen. Mit anderen Worten man lehrt in Afrika nicht modern und Bedarfsgerecht. Sondern nach veralteten Methoden.

So erfüllen viele junge Menschen mit Hochschulabschluss und mit ihren Qualifikationen häufig nicht die Anforderungen der Unternehmen im In- und Ausland.

Da wundere ich mich schon, wie viele junge Menschen in Afrika gut mit Computer und Handy umgehen können. Uzoma macht da keine Ausnahme. Er gibt mir manchmal Tipps, von denen ich immer wieder überrascht bin.

Es liegt also nicht an den jungen Menschen selbst, sondern an der Fähigkeit des Staates Schulen zu führen und damit modernes Wissen zu vermitteln.

Vielleicht sind die Machthaber nicht an klugen Menschen interessiert. Die kann man weniger manipulieren, denke ich.

Nach den Abendessen legte ich meiner Katze ihre Leine um und ging mit Ihr spazieren. Allein darf sie nicht raus. Wir haben Waschbären und unser langjähriger nicht exzentrische Kater hatte den Kampf mit Ihnen verloren. Wir mussten ihn einschläfern lassen. Haustierbesitzer können mich da verstehen. Wenn man ein lieb gewordenes Tier verliert, ist es, als ob man ein Familienmitglied verliert. Es war schlimm für uns.

Und so beschlossen wir unsere Mietze von Anfang an, an die Leine zu nehmen.

Sie war dran gewöhnt und kam gut zurecht. Mit anderen Worten, sie legte fest, wo es langgingen und ich folgte mal schnell und mal langsam. Manchmal blieb sie eine ganze Weile stehen und ignorierte mich, um dann plötzlich wieder loszurennen, warum auch immer. Ich hatte mich daran gewöhnt, von meiner Katze ausgeführt zu werden.

Auf dem Rückweg, wobei ich meine exzentrische Katze mehr zog als was sie lief, meldete sich Uzoma wieder.

Er sagte mir, er würde mein Angebot annehmen und wieder zu Schule gehen. Er müsste sich aber jetzt anmelden und im April geht die Schule wieder los. Das Anmelden Kosten ca. 50 Euro und ob ich ihn dabei helfe.

Zugesagt hatte ich ja schon ziemlich vorlaut. So fragte ich, um was für ein Abschluss es sich handelt.

„WARC" sagte er. „Oh", sagte ich, ohne wirklich zu wissen, was das denn sei.

„Schicke mir eine Appel Gift 50 Euro", schrieb er. Das müsste reichen. Ich schicke dir ein Video von der Anmeldung, damit du mir glaubst."

„Okay.", schrieb ich.

Was ist jetzt eine Apple Gift, überlegte ich, während meine Katze eine andere Richtung einschlug und ich mit trottete. Und was ist das für ein Abschluss? Überlegte ich weiter.

Als wir dann endlich nach Hause kamen und meine Katze abgefüttert und zufrieden in meinem Sessel lag, beschloss ich, diesen Fragen nachzugehen.

Und wo wenn nicht anders als bei meinem Dr. Google. Er hatte auch gleich die gewünschten Antworten parat.

So erfuhr ich, dass es sich bei diesem Abschluss um ein West African Senior School Certificate Examination handelt. Schweres Wort, kaum auszusprechen geschweige zu verstehen. Klang sehr Hochtrabend für mich. Aber es ist eine Art standardisierter Test in Westafrika. Studenten, die die Prüfung bestehen, erhalten eine Bescheinigung über ihren Abschluss an der Sekundarstufe. Die akademische Schulabschlussqualifikation, die nach erfolgreichem Abschluss der Prüfungen verliehen wird, ist das West African Senior School Certificate. Es werden vier Kernfächer getestet. Da wäre Englisch, Mathematik, Integrierte Naturwissenschaften, Sozialkunde und drei oder vier Wahlfächer.

Perfekt. Dachte ich, wenn Uzoma das macht, hätte er vielleicht eine Perspektive.

Eine Woche später schickte er mir ein Video von der Anmeldung.

Darauf war ein arte Scheune zu sehen, die ein Schulraum war. Der Boden war aus Beton und sah abgenutzt aus. Zur Vorderseite war der Raum offen und gefüllt mit jungen Leuten wie Uzoma.

Am Eingang stand ein sehr kleiner Tisch, darauf hatte nur ein Laptop Platz. Am Tisch saß ein Mann, so um die 40, schätze ich. Ihm gegenüber saß ein Mädchen, in einem leichten weisen Bluse mit einem braunen Schlips und kariertem Rock.

„Hier erfolgt die Schulanmeldung". Habe ich auch gemacht", schrieb Uzoma drunter.

„Dann bekommst du einen Zettel und du musst bezahlen gehen."

Ich schrieb Uzoma dass ich stolz auf ihn bin für seinen Mut, den Abschluss nachzuholen.

Er schickte mir ein lachender Smiley zurück.

Dann fragte ich, was den seine Mutter gesagt hat. „Sie war stolz und hat es allen Nachbarn erzählt", schrieb er wieder.

Schulanmeldung in Owerri

Nach einer Weile fragte er mich. „Rosie, wenn ich den Abschluss habe, kann ich dann zu dir kommen?"

Aua, dachte ich. Damit hatte ich nicht gerechnet. Was antwortet man darauf? Ich hatte mich ganz schön in die

Patrouille gebracht. Was soll ich Uzoma sagen, wie antworten? Einem Jungen der nichts hat nur die Hoffnung auf ein besseres Leben. Was seiner Meinung nach nicht in Nigeria sein wird.

Ich schrieb: „Uzoma, das ist nicht einfach. Es kommen viele von euch nach Europa und stellen einen Antrag auf Asyl. Sie haben meist einen gefährlichen Weg hinter sich. Und manche schaffen es nicht, sie ertrinken einfach im Meer, werden an Grenzen erschossen oder von kriminellen Banden ausgeraubt und umgebracht. Es ist gefährlich. Und selbst wenn du es schaffst, ist es nicht sicher, ob du bleiben darfst. Verstehst Du?"

Es kam ein trauriger Smiley zurück. Dann schrieb er: „Weißt du wie schlimm es bei uns ist und wie gefährlich. Wir leben in ständiger Angst auch vor der Armee."

„Vor der Armee?", fragte ich zurück. „Ja, wenn du auf der Straße bist und selbst wenn du nichts gemacht hast, verprügeln die dich," schrieb er. "Oder du verschwindest einfach, ohne Grund".

Ich war geschockt. Es kam hin und wieder mal was über die Nachrichten. Aber man hörte eher weg als zu. Und jetzt hörte ich das direkt von einem Jungen aus Nigeria, der das Tag für Tag selbst erlebt.

Im Moment war ich sprachlos.

„Du lebst am Rande des Ortes?", fragte ich.

„Ja, in Owerri, sehr einfach und bei uns ist alles nicht in Ordnung."

„Nicht in Ordnung?" – fragte ich wieder.

„Ja", schrieb er.

„Es sieht nicht schön aus, es ist kaputt und dreckig hier und wir haben keinen Strom, es ist immer dunkel."

„Das ist gefährlich?", fragte ich weiter.

„Ja, im Nachbarort haben Sie Leute überfallen und alles mitgenommen. Dann kam die Armee und es wurde schlimmer."

Für eine Weile schwiegen wir. Ich wusste auch nicht, was ich darauf antworten sollte. Was sollte ich sagen?

Ich wusste ja, dass viele Menschen in Nigeria nicht nur Opfer des Terrors von „Boko Haram" sind, sondern auch von Menschenrechtsverletzungen, die durch die nigerianischen Sicherheitskräfte verübt wurden. Die Terrorgruppen sind nach wie vor stark genug, um punktuelle Angriffe gegen Soldaten und Zivilisten durchzuführen und die nigerianischen Sicherheitskräfte sind wiederum nicht stark genug, dass Gewaltmonopol des Staates durchzusetzen. Es ist eine Pattsituation, die seit Jahren anhält und Millionen von Menschen ihrer Heimat und Lebensgrundlagen beraubt. Viele Menschen in Nigeria mussten bereits ihr Haus und ihren Hof verlassen. Viel von Ihnen leben heute in Flüchtlingscamps beziehungsweise in Gastgemeinden.

Und nun Uzoma mit der Frage: Kann ich zu dir kommen?

Dann schrieb ich Uzoma: „Bitte mach erst deinen Abschluss, wir werden dann sehen, wie es weitergeht. Im Moment ist es keine Lösung nach Europa zu kommen. Vielleicht finden wir eine andere Lösung für dich. Hast du nicht irgendeine Vorstellung, was du machen willst?", fragte ich, um den weiteren Diskussionen zum Terror in Nigeria aus dem Weg zu gehen.

„Ja", schrieb Uzoma, "Ich habe einen Traum".

„Einen Traum?", fragte ich.

„Ja", sagte er, „ich hätte gern einen Laden".

„Oh", schrieb ich, „einen Laden?" „Ja sowie der von meinem Freund. Kannst du mir dabei helfen? Ich habe nur dich. Bitte hilf mir, dann kann ich selbstständig leben."

Hilfe, dachte ich, auf was hast du dich da eingelassen. Du purzelst von einem Problem in ein anderes.

„Uzoma", schrieb ich zurück, "Ich kann dir nichts versprechen, aber ich werde versuchen auf irgendeine Weise dir zu helfen."

„Wirklich?" fragte er. „Ja wirklich.", schrieb ich zurück.

„Danke und gute Nacht und pass auf dich auf", schrieb er.

„Gute Nacht", schrieb ich zurück.

Meine Güte dachte ich, jetzt musst du dir was einfallen lassen.

Für den Anfang war ich ratlos, kopflos und hatte keinen Plan. Ich dachte mir, eine Nacht drüber schlafen. Der Morgen ist klüger als der Abend, wie es so schön heißt.

13. Uzomas, ich und eine Organisation

Als ich am Morgen erwachte war ich voller Tatendrang. Mir war eingefallen, dass es viele Organisationen gibt, die in Afrika tätig sind. Wenn ich da einige finde die auch in Nigeria arbeiten, vielleicht können die mir weiterhelfen mit Rat und Tat?

Wie naiv das war zu glauben, auf diese Weise Hilfe zu bekommen, sollte ich bald erfahren.

Am nächsten Tag war es Samstag. Uzoma schrieb mir, dass er heute was vor hat und dass er mir dazu ein Video schicken wird. Am Nachmittag kam es dann. Ich sah Uzoma bei einem Fußball spiel der regionalen Mannschaft gegen irgendeine andere.

Das Spiel spielte auf einer natürlichen, von der Sonne verbrannten Rasenfläche. Wer zu welcher Mannschaft gehörte, konnte ich nicht erkennen. Für mich sahen alle gleich aus.

Man hörte laute Rufe und so was wie eine Trommel. Es war genauso laut und enthusiastisch wie bei uns auf dem Spielfeld in Deutschland. Fußball ist eben Fußball, egal wo er gespielt wird. Der einzige Unterschied zu unserem Stadion war, das am Rande Palmen stehen und der Rasen braun verbrannt und nicht grün und fein gemäht ist. Aber die Menschen dort lieben den Fußball genauso wie bei uns hier. Und die Mannschaften geben alles um zu gewinnen.

Am Ende schrieb Uzoma, das seine Mannschaft leider verloren hat.

Mal abgesehen davon, ist unsere Mannschaft in meiner Stadt auch mehr mit Abstieg als mit Aufstieg beschäftigt.

Ich freute mich über das Video von Uzoma, weil es eine klein bisschen Normalität in einem geschundenen Land zeigte.

Am nächsten Tag schrieb mir Uzoma, dass es seiner Mutter sehr schlecht geht. Sie zittert und kann nicht aufstehen. Ich fragte, ob er weiß, was sie hat.
„Ja", schrieb er, „Malaria".
Ohne weiter zu recherchieren weiß ich, dass es sich bei Malaria um eine lebensbedrohliche Erkrankung handelt. Malaria wird durch dämmerungs- und nachtaktive Mücken übertragen. Schutz vor Mückenstichen und die Einnahme von vorbeugenden Medikamenten können die Erkrankung verhindern.

„Uzoma", schrieb ich; "wie habt ihr das bemerkt und seid ihr sicher?"
„Ja, schrieb Uzoma, sie hatte erst Kopfschmerzen und dann wurde ihr schlecht. Jetzt zittert sie und kann gar nicht aufhören."
„Könnt ihr einen Arzt holen?", fragte ich naiv. „Nein", war die zu erwartende Antwort.
„Wir haben kein Geld."
„Ich muss aufhören zu schreiben, wir schaffen Mamma zu einem Stützpunkt einer Mission, das ist sowie ein Krankenhaus."
„Ist gut Uzoma schrieb ich zurück, bitte halte mich auf der laufenden und guten Besserung für deine Mutter."
„Danke, schrieb er, das werde ich tun".
Spät am Abend kam eine Nachricht von Uzoma. Er schieb, dass seine Mutter eine Fusion bekommt und im

Missionskrankenhaus bleiben muss. Um das Bett zu bezahlen, mussten sie sich Geld vom Nachbarn ausleihen.

Bei uns unvorstellbar, können dort in Nigeria die Menschen nur gegen Geld behandelt werden.

Es gibt kein Sozialsystem oder eine solidarische Versicherung.

Es gibt nur eine einfache Regel: Bezahle oder du stirbst. Grausam.

Nachdenklich ging ich schlafen.

Uzoma ist in mein Leben reingeschneit und ich in seins. Das war mir noch nie so bewusst wie heute. Ich sehe wie er lebt, in ärmlichen Verhältnissen, ein meist ernster Junger Mann ohne wirkliche Perspektive. Und doch versucht er auf irgendeine Weise sich und seine Familie durchzubringen. Nicht immer legal, wie ich weiß. Aber er ist immer höflich, nie frech und versucht zu erklären, was ich nicht verstehe oder verstehen kann.

Irgendwie fühle ich mich für Uzoma verantwortlich und verbunden. Ich kann dieses Gefühl nicht erklären.

Müde und in Gedanken schlief ich ein, meinen Mann an meiner Seite. Der immer für mich da ist, in jeder Situation. Auf dem ich mich immer verlassen kann. So einen Menschen zu haben ist was Besonderes und sehr kostbar.

Und jetzt dachte ich noch, klammert sich ein junger Mann aus Nigeria an mich, als einzige Lösung für seine Probleme.

Im Laufe des nächsten Tages fragte ich Uzoma, wie es seiner Mutter geht. Er schrieb, dass es ihr besser geht und sie bald nach Hause darf.

Nach einer Weile schrieb er mir: „Bist du da, bitte geh nicht weg, du bist die Einzige die ich habe, die sich für mich interessiert."

Ich antwortete, Uzoma ich bin immer hier, du kannst mit mir reden, wenn du willst."

Am nächsten Tag viel mir der Laden wider ein und ich hatte eine gute Idee. Jedenfalls glaubte ich das.

Ich schrieb an UNICEF – Deutschland und schilderte kurz meine Problematik mit der Bitte, mir eine Organisation zu benennen, die vielleicht was bewirken kann.

Zu Weihnachten hatten wir ja ausreichend Spendenaufrufe gehört und da wird doch vielleicht eine Organisation dabei sein, die uns hier in der Sache Unterstützen kann. So dachte ich, naiv wie ich war.

Es dauerte auch nur eine paar Tage, da bekam ich eine Antwort. Sie schrieben mir, dass sie mir nicht helfen können, aber die Problematik und mein Anliegen verstehen können. Schließlich bekamen Sie viele derartig gelagerte Briefe.

Man verwies mich an eine Hilfsorganisation, die direkt in Nigeria tätig ist.

Ich beschloss kurzer Hand folgenden Brief an diese Hilfsorganisation zu schicken, den ich dank Internet auch noch ins englische übersetzte.

Der Brief lautet wie folgt:

Sehr geehrte Damen und Herren,

Ich hatte von UNICEF – Deutschland Ihre Adresse erhalten und wende mich mit einem Problem an Sie mit der Bitte um Unterstützung, Hilfe und Rat oder einen Vorschlag zur Lösung dieser Angelegenheit.

Ich habe seit einiger Zeit Kontakt zu einem jungen Mann, der mit seiner Mutter und Geschwistern in sehr ärmlichen Verhältnissen in Nigeria lebt. Was wahrscheinlich tausendfach vorkommt.

Ich würde die Familie gern unterstützen, will aber kein Geld direkt schicken, was vielleicht das Einfachste wäre, aber sicher nicht hilfreich.

Mir geht es eher um eine nachhaltige Hilfe, damit die Familie eine Zukunft, speziell der junge Mann eine Zukunft und Perspektive hat. Er sagt, es gibt hier keine Jobs, würde aber gern was tun, irgendwas.

Gibt es Möglichkeiten, z. B. bei der Hilfe für ein kleines Ladengeschäft oder ähnliches? Ich möchte, dass die Familie sich selbst ernähren und der Jungen Mann ein Perspektive erhält, sich selbst zu versorgen.

Kann ich was tun, mit einer dauerhaften Spende um dieser Familie zu helfen? Oder gibt es Organisationen, die wirtschaftliche Hilfe anbieten oder andere Möglichkeiten, wo ich unterstützend helfen kann?

Ich weiß dass das schwierig sein wird in Nigeria. Aber vielleicht könne Sie mir mit Ihren Rat helfen, Hilfe zu leisten, die ankommt und auch nützt.

Ich will nicht wild darauf los spenden, sondern gezielter Hilfe leisten. Es nützt nichts, wenn der junge Mann sich auch noch aufmacht nach Europa. Aus meiner Sicht ist Hilfe Vor-Ort besser.

Für Ihre Hilfe und Unterstützung bedanke ich mich im Voraus.

Der Name des Jungen ist Uzoma Godspower, geschätztes Alter zwischen 18 bis 24.
Die Adresse der Familie ist: No. 56 Okigwe Road
Orji Owerri
Imo State
Nigeria

Ich bedanke mich für Ihre Unterstützung.

Ich schickte den Brief per Mail ab, erhielt aber nie eine Antwort.

Sicher werden sie sowie ich überfordert sein. Überfordert mit dem Elend in ihrem Land.

Sicher werden sie schlimmere Fälle kennen oder ihre Prioritäten anders setzen.

Ich war sehr naiv zu glauben, dass irgendeine Organisation Hilfe zur Selbsthilfe leisten und die Hilfswilligen bei der Suche nach Lösungen unterstützt.

In dem einen Land fehlen Arbeitskräfte, die fachlich gut ausgebildet sind. In einem anderen Land gibt es Arbeitskräfte, leider nicht gut ausgebildet.

Sollte man da nicht was tun? Man kann sich doch da gegenseitig helfen und gemeinsam seine Probleme lösen? Was dem einen fehlt, hat der andere. Warum bilden wir nicht ausländische Fachkräfte aus mit der Maßgabe und der Möglichkeit einige Zeit bei uns zu arbeiten. Damit wäre doch allen geholfen. Oder ist das auch naiv.

gedacht? Sicher steht dem wieder Bürokratie, Asylrecht und anderes im Weg.

Naja, manchmal ist die Lösung einfach und nur das Leben kompliziert.

Wenn wir die Welt wirklich global betrachten wollen und wie die Politik sagt, Globaldenken, dann gibt es Lösungsansätze die Probleme aus der Welt schaffen, nämlich durch gemeinsam handeln. Wir rücken dann näher zusammen und sind das was wir wirklich sind – eine Menschheit auf einen Planeten. Nicht erster, zweiter oder dritter Klasse. Nein eine Menschheit, die gemeinsam die Probleme unserer Zeit löst. Ihre Ressourcen zusammen legt und gemeinsam arbeitet. Leider stehen Politik und Politiker, Habgier und mega Reiche im weg. Ich glaube wahrscheinlich an eine Utopie, die so nie eintreffen wird.

14. Uzomas Traum, sein Freund und ich

Mir war angst und bange. Wie erklärt man jemanden, dass man ihm versteht, gerne helfen will, aber nicht kann?

Ich entschloss mich für die Wahrheit und schrieb ihn, dass es für mich schwer ist ihm bei seinem Vorhaben zu Unterstützen und gleichzeitig fragte ich, wie er auf diese Idee mit einem Laden gekommen ist.

Und Uzoma erzählte mir, dass sein Freund einen Laden hat für Herrenkleidung. Er würde auch gern einen Laden haben wollen, damit er sein Lebensunterhalt verdienen kann. Ein Job zu finden ist hier aussichtslos, schrieb er zurück.

„Wie lange seid ihr den schon Freunde?", fragte ich Uzoma. „2 Jahre", war seine Antwort.

„Der Name meines Freundes ist Ramzy."

„Was bedeutet der Name?", wollte ich wissen.

„Geheim, dunkel in der Vollendung", war die Antwort.

„Er ist größer als ich", erzählte Uzoma weiter.

„Uzoma mir kommt er sehr Ernst und unnahbar vor, stimmt das so?"

Er hatte mich seinen Freund bei einem Videoanruf einmal kurz vorgestellt und er wirkte fast väterlich zu Uzoma.

„Nein", schrieb Uzoma, er hat Humor und versteht Spaß."

„Er ist der Einzige außer du Rosie, der mich versteht. Er will immer, dass ich bei ihm bin, das gefällt mir so. Er schickt mich nie weg, verstehst du?"

„Ja ich verstehe Uzoma".
„Wie habt ihr euch den kennengelernt?", fragte ich weiter.

„Sein Geschäft ist in der Nähe meines Hauses und ich ging eines Tages dorthin um zu gucken. Da fragte er mich, ob ich ihm ein schönes Haus zur Miete nennen könnte. Was ich dann auch tat. Er bedankte sich und sammelte meine Nummer, so, dass wir gute Freunde wurden."

„Eine schöne Geschichte Uzoma", schrieb ich zurück.
„Ja, und er freut sich, dass du mir hilfst." Kam als Antwort zurück.

Die Okigwe Road ein Stückchen runter, von Uzomas Anschrift ausgesehen, kommt man an ein mehrstöckiges Haus mit einen für die Gegend doch moderne afrikanischer Baustil.

Das Gebäude scheint neu zu sein und wirkt nicht so baufällig wie die anderen Häuser in seiner Umgebung. Hell, gelbe Farbe und im Gegensatz zu den anderen Häusern mit Fenstern, wenn auch klein. Um das Gebäude herum sind kleine Balkone mit kunstvoll geformten Gittern aus Metall, die weiß gestrichen wurden, angebracht. Hier hat Uzomas Freund Ramzy sein Laden.

In einem Video zeigt mir Uzoma das Geschäft. Der Laden ist ein kleiner Raum, ich glaube im 2. Stock des Hauses. Vielleicht 15 m², mehr nicht. An den Wänden ist eine Art bunter Ziegeltapete angebracht. Es sind einige große Spiegel aufgehängt und der Laden hat eine kleine Klimaanlage. Eigentlich sehr modern eingerichtet, der Laden könnte es auch in meiner Heimatstadt so geben.

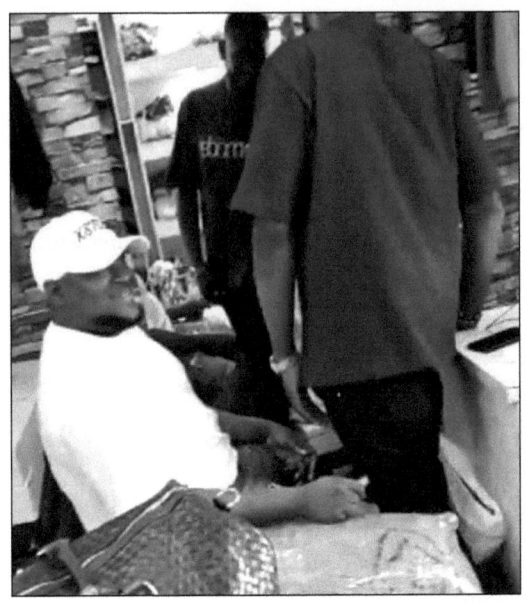

Uzomas Freund und sein Laden

Sein Freund Ramzy hat in dem Video gerade seine neue Ware aus Lagos geholt und war dabei diese auszupacken. Viele Pakete in Folie geschweißt standen in den kleinen Raum und wollten ausgepackt werden. Remzy schnitt diese mit einer Schere auf und ein großgewachsenes Mädchen mit Rasterlocken stapelte die ausgepackten Sachen in Regale oder einfach auf dem Boden. Sie war wohl dort mit angestellt. Die Sachen sahen sehr europäisch aus. Nach der Verpackung zu urteilen stammte die Ware aus China. Was mich wunderte war, dass er in dem heißen Land auch dicke Wintersachen verkaufte. So gab es Pullover in allen Farben, lange Jeans, Schuhe und für ein Herrenladen ungewöhnlich auch Damentaschen.

Während Ramzy auspackte, saß ein Mann von ca. 40 Jahren in dem Laden auf einer Kiste und redetet unentwegt. Ein weiterer schlanker großgewachsener Mann stand am Rande und beobachtet das Ganze. Ob er was kaufen wollte, konnte ich nicht erkennen. In dem Raum an der äußersten Ecke stand ein kleiner Schreibtisch mit Stuhl. Wahrscheinlich die Kasse und gleichzeitig das Büro.

Mal abgesehen davon, das Uzoma das Ganze filmte waren in dem klitzekleinen mit Waren vollgestopften Laden 5 Personen. Es war eng, aber man sah, sie hatten alle Spaß.

„Uzoma", fragte ich, „du willst genauso einen Laden?"

„Ja, Ja, Ja" kam sofort die Antwort zurück. „Bitte Rosie, kannst du mir helfen, bitte?", war seine Antwort und gleichzeitig die Frage.

Ich schrieb zurück, dass ich versuchen würde ihm etwas zu unterstützen. Wie ich das machen soll, war zu diesem Zeitpunkt mir völlig unklar.

Er schickte mir ein Bild, wie er sich seinen Laden vorstellte.

Ein Raum aufgrund der vielen bunten Lichter in Lila getaucht. Klein mit zwei vergitterten Fenstern und einer Holztür aus dunklem Holz.

„600 Euro kostet die Miete, schrieb Uzoma". „Jeden Monat?", fragte ich zurück.

„Nein, im Jahr. Wir müssen hier die Miete ein Jahr vorausbezahlen, das ist hier so."

„Uzoma", fragte ich, „was willst du verkaufen in deinem Laden?".

„Perücken", war prompt die Antwort.

„Perücken?", fragte ich ungläubig zurück. „Ja", kam die Antwort zurück.

„Wie in alles auf der Welt kommst du auf die Idee Perücken zu verkaufen?" Fragte ich etwas erstaunt.
„Ja", sagte Uzoma wieder. „Die Mädchen hier tragen aller Perücken. Die wollen aussehen wie du."

Ich verstand das nicht, die Mädchen haben doch alle wunderschöne kurze, wenn auch drahtige, Locken und können, wie das Mädchen im Video schöne Rasterlocken machen und zu Zöpfen binden. Es gibt und das habe ich im Fernsehen gesehen, viele Beispiele mit wunderschönen Frisuren von afrikanischen Mädchen.
Und nun erzählt mir Uzoma, dass die Mädchen seiner Heimat in Nigeria dort alle Perücken tragen. Wie verrückt ist das denn?

„Uzoma", bis du sicher ein Geschäft damit aufbauen zu können?"
„Ja", die tragen das alle hier auch meine Schwestern."

Bald darauf kamen Bilder von zwei Mädchen. Seinen Schwestern wie sich herausstellt. Beide hatten lange Haare. Die eine etwas größere und Kräftige trug das Haar offen und lang. Die etwas Jüngere hatte die Haare geflochten, es war aber eine Perücke, das konnte man deutlich sehen.
Auch seine Mutter würde eine tragen, schrieb er mir dann einige Zeit später.

Wahrscheinlich setzt man dort Perücken auf wie hier bei uns Mützen, dachte ich.

Was ist der Grund dafür? Um europäischer auszusehen? Ich fing an im Internet zu Recherchen und fand viele Einträge, die diese Annahme bestätigten.

Ich fand heraus, dass afrikanische Frauen viel Geld dafür ausgeben, ihr Haar westlichen Schönheitsidealen anzugleichen, sprich: es zu glätten. Das krause Naturhaar gilt als unschickt.
Manchmal werden sie auch von ihrem Arbeitgeber gezwungen lange Perücken zu tragen.
Ich lass von einer jungen Frau, die jeden Morgen eine Perücke mit langem, glattem Haar aufsetzen muss. Und dass bei Temperaturen um die 40 Grad und nicht etwa, weil sie gerade eine Chemotherapie macht, die ihr die Haare ausgehen lässt. Nein!
Sondern, weil ihr Arbeitgeber das verlangt.

Viele afrikanische Frauen, sind durch gesellschaftlichen Druck gezwungen, ihre natürliche Haarpracht ab der Pubertät unter Perücken oder künstlichen Haarverlängerungen zu verstecken. Dass das auf Dauer nicht gesund ist für das natürliche Haar und die Kopfhaut versteht sich von selbst.

Es ist wie es ist, afrikanische Frauen stehen in gewisser Weise unter Druck ein bestimmtes Schönheitsideal zu folgen. Und zwar dem westlichen Schönheitsideal von heller Haut und glatten Haar. Und dafür geben sie viel Geld aus.
Soweit ich Uzoma verstanden habe, kommen die Perücken alle samt aus China oder Asien.

Das ist mehr als verrückt. Aber in jeder Kultur werden meistens Frauen gezwungen bestimmten Schönheitsidealen zu folgen. Wenn ich da auf Instagram und Co. blicke, sehe ich häufig Selbstdarstellungen in Sachen Schönheit. Wer ist die Schönste, wer hat das beste Outfit und wer hat sich am besten geschminkt? Die Werbung trägt ihren Teil dazu bei. Und auch ich ertappe mich immer wieder dabei, mich der gängigen Mode zu unterwerfen. Den vielen Katalogen und Zeitschriften Dank!

Billige Mode für einen kleinen Preis hier, billige Perücken für einen kleinen Preis da. Es ist egal, wir Frauen lassen das einfach zu, das andere entscheiden, wie wir gefälligst rumzulaufen haben.
    Da gibt es die Firma, die das Kostüm und High Heels vorschreibt und Frauen in Hosen verbietet.
    In allen Kulturen wird Frauen vorgeschrieben, wie sie sich kleiden sollen.
    Meines Wissens war gerade die Schauspielerin und Sängerin Marlene Dietrich eine Verfechterin in Sachen Hosen für Frauen.
    Sie begann, nach eigener Aussage bereits 1932, Männerkleidung in der Öffentlichkeit zu tragen.

Es gibt inzwischen in Afrika auch eine Bewegung, die wieder zeigen will, wie schön das natürliche Haar der Afrikanischen Frauen ist.
    Das ist zwar geschäftsschädigend für Uzoma, aber ich hoffe das diese Bewegung sich eines Tages durchsetzen wird, wie die Hosen von Marlenen Dietrich.

15. Uzoma, ich und die Obdachlosigkeit

Es wird Frühling! Im Garten kommen Krokus, Schneeglöckchen und Narzissen zum Vorschein. Die Welt wird wieder bunt, denke ich und laufe stolz durch meinen Garten.

Der letzte Schnee ist getaut und für Ende Februar scheint die Sonne schon recht warm.

Mit der Katze an der Leine geht es eine Runde ums Haus. Ich freu mich über die Blumen und die Mietze freut sich über das neue grüne saftige Gras. Davon kann sie nicht genug bekommen. Sie frisst unaufhörlich, um dann wieder den Teppich im Wohnzimmer damit zu garnieren, wenn sie alles, nebst Haare wieder raus würgt.

Ich genieße die Sonne und mein Mann kommt mir mit seinem Traktor ohne Schiebeschild entgegen.

„Ich muss schauen, ob alles noch funktioniert!". Er war ja lange nicht in Betrieb".

„Ja", sagte ich. Dabei wurde im Winter bei jeder Gelegenheit der Traktor bewegt.

Meine Katze konnte den Lärm nicht vertragen und zog mich Richtung Balkontür. Sie wollte wieder rein, was sie mit einem kläglichen „Miau" deutlich dokumentierte.

„Ich setze Kaffee auf", rief ich mein Mann zu. „Ja, ja" war die Antwort.

Ich war mir sicher, dass er den Traktor meinem Kaffee vorzieht.

Mit einer Tasse frisch gebrühten Kaffee, einem Krimi und ein Stück selbstgebackenen Kuchen wollte ich mir es gerade auf dem Sofa bequem machen, als mich eine Art Hilferuf von Uzoma erreicht.

Keine Worte nur 3 Smileys die bitterlich weinten.

Zunächst wusste ich nicht, was dies zu bedeuten hat. Ich schrieb Uzoma, was denn für ein Problem vorliegt.

„Ein Moment!" War seine Antwort. Der Moment dauerte bis in die späten Nachmittagsstunden.

Dann schrieb er. „Es ist was Schlimmes passiert."

„Was denn? Ist jemand wieder krank bei euch?"

„Nein, ich muss gehen, verstehst du?"

„Ich verstehe nicht, Uzoma. Was bitte ist los bei dir?"

Ich war ein wenig erschrocken und konnte mir keinen Reim darauf machen, was er eigentlich meinte.

„Ich muss von zu Hause gehen. Meine Mutter hat mich und meinen Bruder gebeten, die Wohnung zu verlassen. Sie kann nicht mehr für uns alle sorgen. Ich bin jetzt obdachlos.

Meine Mutter kann die Miete für uns alle nicht aufbringen, meine Schwestern studieren noch und ich bin zu Hause. Nur mein Bruder hat Arbeit, aber das reicht nicht."

„Oh", waren die einzigen Zeilen, die ich in diesem Moment schreiben konnte.

Als ich wieder klar denken konnte, fragte ich ihn, ob er nicht für eine Weile bei einem Freund unterkommt. Dabei dachte ich an Ramzy, den Ladenbesitzer.

„Nein, das geht nicht!" Schrieb er zurück. „Ich werde jetzt meine Sachen holen und bei einem Freund abstellen und dann muss ich mir einen Schlafplatz suchen im Busch."

Mit diesen Worten ließ er mich zurück.

Wenn ich an das Video und die Fotos von der Wohnung der Mutter denke, muss ich ehrlich sagen, kann ich sie verstehen. 5 erwachsene Personen in einem Raum, in der Mitte Betten und ringsherum Taschen, Beuteln mit Sachen übereinandergestapelt. Keine nutzbare Küche. Das Leben spielt sich im Freien ab. Gewaschen ob Wäsche oder sich selbst wird draußen. Das Wasser wird mühevoll herangekarrt. Das war ihr Zuviel geworden und ich kann sie verstehen.

Die Jungs sind über 20. Hier bei uns leben die jungen Leute dann schon ihr eigens Leben.
 Aber in Nigeria? Keine Jobs, keine Perspektiven für Junge Menschen. Glück hat der, der Eltern hat mit Geld, die es sich leisten können ihre Sprösslinge zu versorgen.
 Ähnlichkeiten zu uns. Ja würde ich sagen, die gibt es.

Obdachlose Jugendliche gibt es ja auch bei uns und nicht wenige.
 Nur die Gründe sind anders, aber auch irgendwie ähnlich.
 Zum ersten Mal mit jugendlichen Obdachlosen wurde ich in Hamburg konfrontiert.
 Mein Mann und ich wollten ein schönes verlängertes Wochenende in Hamburg verbringen und uns das Musical Tarzan anschauen.
 Untergebracht waren wir in einem Hotel direkt am Hafen bei den Landungsbrücken.
 Der S-Bahnhof war nicht weitentfernt. Man musste über eine Brücke gehen und war schon da. Und unter der Brücke lagen sie, Junge Leute in dem Alter von Uzoma und jünger. Abhängig von Drogen und Alkohol. Einige

bettelten, andere lagen mehr oder weniger regungslos auf irgendwelchen decken. Ein trauriges Bild was sich tief in mir einprägte.

Es gibt Statistiken in Deutschland darüber und in Deutschland gibt es für alles Statistiken. Eine Statistik besagt, dass es derzeit 38.000 Jugendliche und junge Volljährige gibt zwischen 14 und 27 Jahren, die obdachlos sind. Das ist für ein Land wie Deutschland mehr als beschämend.

Ich frage mich, warum, warum können wir oder wollen wir nichts dagegen tun.

Brauchen wir diese Menschen nicht? Haben wir kein Herz, keine Sorge um den Einzelnen? Ist die Sorge um den Menschen an sich heute nicht mehr gefragt?

Wir stehen manchmal da, wie Zaungäste sehen das Unglück anderer und stehen hilflos daneben. Kinder, die auf der Straße leben – das verbinden wir meist mit fremden, fernen Ländern. Auch mit Nigeria. Doch leider beschränkt sich die Problematik, dass Kinder und Jugendliche kein Zuhause und somit keinen Schutzraum haben, nicht nur auf andere Länder. Auch hier in Deutschland leben weiterhin Kinder und Jugendliche Tag für Tag auf der Straße. Vor allem in den Großstädten, Leipzig, München, Hamburg, Berlin. Die Anonymität der Großstadt ist für viele ein Anreiz.

Deswegen sehen wir in der Provinz, kaum Obdachlose und verdrängen diese Problematik. Wir sehen sie nicht und damit sind sie nicht da. Das Problem ist ein Problem der anderen, das Denken doch viele hier bei uns in den kleinen Gemeinden. Dabei sind es auch Kinder aus der Provinz, die die Anonymität der großen Städte suchen.

Und damit ist es ein Problem für die ganze Gesellschaft. Oft sind der Grund für Obdachlosigkeit betroffenen Jugendlichen, Gewalterfahrungen oder Verwahrlosungstendenzen in ihren Herkunftsfamilien. Außerdem spielen Armut, Arbeitslosigkeit, Überschuldung, niedrige Bildungsabschlüsse und die Suchtproblematik eine Rolle. Und unsere Gesellschaft sieht zu. Ist es uns egal geworden oder sind wir nur pietätslos?

Ich komme aus dem ehemaligen „Osten". Ich bin aufgewachsen ohne diese Bilder von Straßenkindern und jungen Leuten ohne Zukunft. Es wurde zu DDR Zeiten alles durchgeplant, von der Geburt bis zum Beruf, ein Komplettpaket, All Inclusive so zu sagen.

Obdachlose gab es nicht. Oder sie wurden als asozial ins Gefängnis geworfen. Und bei Entlassung kümmerte sich eine ganze Mannschaft von Leuten um diesen Menschen. Die Brigade im zugewiesenen Betrieb, die Hausgemeinschaft in der zugewiesenen Wohnung. Es war immer jemand da, der sich kümmerte. Da wurde man sogar von der Arbeitsbrigade von zu Hause abgeholt, wenn man es mit der Pünktlichkeit nicht so genau nahm. Ja es gab keine Obdachlosen auf den Straßen und schon gar keine Kinder ohne Wohnsitz. Dafür aber druck und Kontrolle bis ins Private.

Auch keine Lösung aus heutiger Sicht. Früher haben wir das nicht so empfunden.

Da war der Staat sogar stolz darauf, wie er sich um die Menschen kümmerte. Und zeigte uns im Fernsehen ein düsteres Bild vom Westen mit obdachlosen, kiffenden Jugendlichen.

Heut weiß ich, wie Komplex all das ist und nicht jeder Staat damit umgehen kann. Wir auch nicht. Wir zeigen immer auf die anderen, haben aber die gleichen Probleme und kümmern uns genauso wenig darum, wie in anderen Ländern. Das ist mein Eindruck.

Alles privaten Hilfsorganisationen zu überlassen, löst das Problem nicht. Hier müsste auch der Staat mehr für gefährdete Kinder und Jugendliche tun. Stattdessen werden in Kommunen soziale Leistungen gestrichen. Zum Schaden der Kinder und Jugendlichen.

Und in Nigeria. Da lese ich, das mehr als 100.000 obdachlose Kinder und Jugendliche, so schätzt man, allein in der nigerianischen Metropole Lagos leben. Auf der Straße leben die meisten von ihnen, ausgeliefert ihrem Schicksal, vor allem aber der nigerianischen Mafia. Den Lebensunterhalt verdienen sie sich mit Tragen von Reisegepäck, verkaufen Billigware und verrichten schmutzige Arbeiten, die sonst keiner macht. Zu Diebstahl, Raub, Drogenhandel und Prostitution werden sie von der nigerianischen Mafia gezwungen.

Uzoma lebt in Owerri, gemessen an unseren Städten ziemlich groß. Und auch hier leben viele aller Altersklassen auf der Straße. Ich frage mich, hat Uzoma jetzt das gleiche Schicksal wie die Kinder und Jugendlichen in Lagos? Wie will er ohne Arbeit auf der Straße leben und überleben?

Erst spät am Abend kam eine Nachricht von ihm. Er rief sehr kurz per Video an. „Hallo", rief er mit einer angenehmen, aber tiefen Stimme. Ich fragte in meine sicher für ihn nicht gerade verständlichen Englisch zurück: „Bist du in Ordnung?" „Ja Rosie".

Dann entschieden wir uns doch lieber zu schreiben, mit dem Übersetzungsprogramm. „Ich sehe dich nicht, nur deine weißen Zähne. Du wirkst wie ein Gespenst" dazu schickte ich ein lachender Smiley. Ich wollte, dass er auch ein wenig lacht. Er machte einen traurigen und ängstlichen Eindruck.

Es kamen 2 lachende Smileys neben der Antwort: „Hier ist es immer Dunkel abends, wir haben kein Licht. Es ist gefährlich, du kannst ausgeraubt werden. Ich muss das Handy ausmachen Rosie, man darf es nicht sehen. Ich geh und verstecke mich in meinem Schlafplatz. Ich versuche zur Ruhe zu kommen und ich habe Angst."

„Pass auf dich auf Uzoma". Schrieb ich zurück. „Ja und gute Nacht, Rosie".

Meine Gedanken waren bei Uzoma als mein Mann den Fernseher abschaltet. Was wir eigentlich angeschaut hatten, hatte ich längst verdrängt. Meine Katze lag neben meinem Mann. Ihr passte es nicht, dass er jetzt aufstand. Es war ja für sie gerade zu gemütlich.

Gemütlich hatte es Uzoma wohl jetzt eher nicht, dachte ich. Von ihm wusste ich bereits, wie gefährlich es in Nigeria war. Er schrieb mir mal, dass man dort nicht sicher ist wie in Deutschland. Ohne Spuren zu hinterlassen, verschwinden Menschen. Man entführt sie hier ständig. Niemand würde dich finden, du bist einfach weg, vielleicht umgebracht. Die Behörden würden nichts unternehmen. Die betroffenen Familien und Angehörigen werden allein gelassen und verschulden sich oft wegen Lösegeldzahlungen. Davor hatte er große Angst.

Und auch wenn ich auf dem Video nichts sah als seine strahlend weißen Zähne, merkte ich seine Angst. Er war hektisch bedacht, dass niemand sah, wie er kurz anrief.

Das Licht könnte ihn verraten und der sichere Schlafplatz wäre dann nicht sicher.

Wie schlimm es noch wird ahne ich nicht.

Am nächsten Tag konnte ich es nicht erwarten bis er sich meldete.

„Hallo hast du gut geschlafen? Wie geht es dir?".

Meldet sich Uzoma. Ich wusste bereits, wenn er so anfing, geht es ihm nicht gut.

„Wie geht es dir den Uzoma?" fragte ich.

„Gut, ich komm zu Recht". War die kurze Antwort. Dazu, wie bei Uzoma üblich ein Smiley mit einem Lächeln.

„Okay. Wo bist du jetzt?"

„Auf der Straße". Ja dachte ich, wo sonst auch, die Frage hätte ich mir schenken können.

„Schickst du mir ein Video von dir und wo du bist?" Fragte ich in meiner alten Neugier.

„Nein! Ich sehe schlimm aus, ich bin dreckig und durcheinander."

„Dann schicke mir ein Video von deiner Umgebung, wo du bist, bitte".

„Ja das mach ich." Gab er zur Antwort.

„Einen Moment"!

Wenn Uzoma schreibt: „einen Moment", weiß ich, dass das dies eine Wartezeit von 1 Stunde bis 2 Tagen bedeutet.

Also wartete ich. Aber schon am Nachmittag, desselben Tages, oh Wunder, bekam ich ein Video. Kurz aber sehr aussagekräftig.

Das Video zeigte die Straße, auf der Uzoma ursprünglich wohnte. Er hält sich in der Nähe seiner Familie auf. Wahrscheinlich in der Hoffnung wieder zurückzudürfen.

Die Straße ist mehrspurig. Es sind jeweils zwei Spuren in jede Richtung, getrennt durch eine kleine Steinmauer.

Der Bürgersteig war unbefestigter Sandweg. Am Rande des Bürgersteigs war ein offener Garben, nur unterbrochen durch kleine Brücken für die Fußgänger. Das sind einfache Betonplatten.

Im Graben, der wie ich glaube, zum Ablauf von Regenwasser dienen sollte, befand sich viel Unrat. Es muss fürchterlich stinken. Plastikflaschen lagen neben Küchenabfälle und laut Uzoma Urinieren die Leute dort auch rein. Wohin auch sonst.

Um Uzoma herum einige Menschen. Ich fragte Uzoma ob das auch Obdachlose seien. Er beantwortete meine Frage mit ja.

So war auf dem Video eine Frau zusehen. Mit einem bunten Rock, barfüßig und einem gelben T-Shirt. Sie stand da und rauchte etwas, ob es eine Zigarette war, konnte man nicht erkennen. Das Haar trug sie kurz ohne Perücke. Sie blickte teilnahmslos über die Straße. So wie ich von Uzoma weiß, haben es Frauen, die auf der Straße leben müssen, sehr schwer. Für sie kommt in der Regel nur eine Verdienstmöglichkeit infrage. Näher wollte ich Uzoma nicht fragen. Neben ihr, mit gleiche ausdruckslosem Gesicht stand ein Junge, geschätzt nicht älter als 16 Jahre. Er trug ein schwarzes T-Shirt.

Was mir auffiel, die mir von Uzoma gezeigten Obdachlosen achteten trotz ihres Schicksals auf ihr Äußeres. Abgesehen davon war Uzoma sehr Eitel und wollte deswegen kein Video von sich zeigen. Ich sollte nicht sehen, wie er jetzt aussieht in dieser schwierigen Situation.

Ich fragt Uzoma, wie das sein kann, man würde sie nicht gleich als obdachlos erkennen.

„Ja", schrieb er. „Wir achten auf uns, es kann sein, dass dir jemand einen Job anbietet, da muss man doch gut aussehen."

*kurzer Ausschnitt aus einem Videoanruf –
2 Obdachlose in Owerri*

Bei uns kann man die meisten Obdachlosen eben auf Grund ihres Aussehens und ihres ungepflegten Äußeren als Obdachlose erkennen.

In Nigeria jedenfalls in Uzomas Umfeld versucht man den Schein zu waren.

Ich fragte Uzoma von was er den lebt. Er antwortet nicht gleich, aber das war ich gewohnt.

„Ich helfe manchmal wo aus, dafür bekomme ich was. Ist sehr wenig. Bitte Frage nicht weiter".

„Okay". Und ich überlegte, er wird doch nicht etwa irgendwas machen, was nicht ganz den geltenden moralischen Regelungen entspricht?

Am nächsten Abend rief Uzoma an. „Rosie ich hatte ein Unfall, ich melde mich später. Ich werde verbunden".

Na toll dachte ich, die schlechten Nachrichten hören ja nicht wieder auf.

Ich schrieb ihm im Chat gleich zurück.

„Uzoma was ist spaziert, kannst du antworten."

Aber erst am nächsten Tag sollte ich eine Antwort auf meine Frage bekommen.

„Hallo Rosie." „Uzoma. Gott sei Dank was ist dir den passiert?"

„Warum hast du dich nicht gemeldet? Ich war in Sorge."

„Ich hatte doch gesagt, hier ist es gefährlich. Ich musste schnell weglaufen. Hier waren Leute die andere angeschrien und verprügelt haben. Ich weiß nicht warum."

„Uzoma habt ihr nicht die Polizei gerufen?"

„Das geht nicht, da wirst du selbst mitgenommen."

„Und was genau ist passiert?"

„Ich bin weggelaufen und bei uns ist es dunkel und es sind überall Löcher, sehr tief ich bin hineingefallen und habe mein Bein verletzt. Jetzt tut es sehr weh."

Die Löcher kannte ich. Mal klein mal groß. Sie gehören zum Entwässerungssystem und sind nicht gesichert.

Dass man ohne Straßenbeleuchtung dort hineingerät, ist wahrscheinlich nicht zu vermeiden. Zumal wenn man auf der Flucht ist.

Uzoma schickte mir ein Bild mit seinem Bein. Ein blutverschmierter Fuß und ein mit einer Binde umwickeltes Bein, vom Straßenstaub überzogen.

„Uzoma" schrieb ich „du hast zwar hübsche Füße, aber du musst zu sehen, das dein Bein gesäubert wird. Sonst kann es sich entzünden."

„Ja, ich gehe zu meinen Freund. Da kann ich mich waschen und umziehen."

„Zu Remzy? Fragte ich. „Ja".

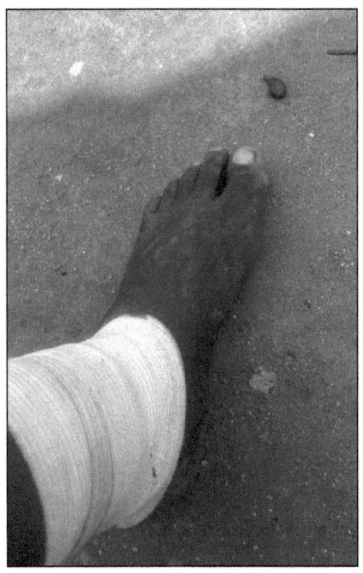

Uzoma ist verletzt

Am Abend schickte mir Uzoma ein Bild. Er sah noch trauriger als sonst aus und sah mich mit ernsten Blick an. „Ich bin wieder sauber". Stand da. Ich schickte einen lachenden Smiley. „Was so ein bisschen Wasser alles leisten kann, jetzt bist du wieder hübsch," schrieb ich zurück.

„Wirklich?" Fragte Uzoma und schickte ein lachender Smiley.

Ich wusste aufgrund des Hintergrundes, das er wieder auf der Straße war.

In der Hoffnung, dass er diesmal einen sichern Schlafplatz findet, wünschte ich ihm eine gute Nacht.

„Pass auf dich auf Uzoma". „Ja mach ich." „Gute Nacht". „Gute Nacht"

Uzoma als Obdachloser

Ich ertappte mich dabei, ein Gefühl zu haben wie früher, als meine Kinder zu Disco gingen und ich zu Hause war und vor Angst nicht schlafen konnte. Erst wenn ich die Tür hörte und sie sicher daheim waren, konnte ich endlich die Augen schließen. Da war es aber meistens schon früh am Morgen. Vielen Eltern geht es so, wenn die Kinder pflücke werden. Uzomas Eltern interessiert es nicht, was aus ihm wird. Das hat er mir mal sehr deutlich geschrieben. Und zwar so, dass ich nicht noch einmal nachfragen wollte.

Am nächsten Tag kamen 3 weinende Smileys mit der Nachricht Hunger.

Na Prima, dachte ich auch das noch. „Uzoma was ist los?"

„Es ist gut, es ist gut. Es ist nichts". Schrieb er zurück.

„Und warum schickste mir so eine Nachricht?"

„Ich habe gelogen. Ich sagte dir, dass ich immer gegessen habe, habe ich nicht. Alles was ich habe, leg ich für eine Wohnung zurück. Ich will nicht sterben auf der Straße. Seit 3 Tagen habe ich nichts gegessen. Jetzt ist mir schlecht".

„Ist das der Grund, warum du ständig wissen willst was ich koche? Fragte ich zurück.

„Ja".

„Uzoma, wie soll ich dir helfen? Ich kann meine Essen nicht nach Nigeria schicken."

„Ich brauch nicht viel, aber da ich im Moment nicht gut laufen kann, braucht mich keiner."

„Schicke eine Karte Stream bitte, ich verhungere hier".

„Okay Uzoma mach ich, unter einer Bedingung. Du machst weiter die Jobs, die du kriegen kannst und machst definitiv im April den Schulabschluss. Okay."

„Ja".

Ich weiß nicht ob das richtig war oder nicht. Aber sollte ich nein sagen? Die 20 Euro tun mir nicht weh und ich weiß er bemüht sich, sich selbst zu versorgen. Im Grunde tat mir meine Seele weh.

Aber es war nur ein Schicksal von 100.000 und mehr. Man kann allein die Welt nicht retten. Aber wen jeder ein kleines bisschen von sich abgibt, um einen anderen zu helfen, dann kann die Welt auch ein bisschen besser werden. Oder?

Ich schickte ihm die Karte. Dann kamen viele Smileys mit den Worten Danke, Danke zurück.

„Rosie, danke. Ich kenne niemanden, der so ist wie du und einem Fremden hilft." Danke. Dahinter war ein kleines Herz.

„Fremder? Schrieb ich zurück. „Langsam kenne ich dich besser als meine Katze".

Er schickte einen lachenden Smiley und wünscht schon mal vorsorglich gute Nacht.

Oh man dachte ich. Hoffentlich hast du dich nicht wieder in irgendwas reingeritten.

Mein Mann stand schon gestiefelt und gespornt in der Tür und wartete. „Was machst du wieder? Fragte er. „Ich habe nur einen Freund eine WhatsApp geschrieben".

„Oh hört auf, nehmt Papier und Stift". „Das schadet der Umwelt weniger als dieser Mist."

Brummte er. „Jeder daddelt nur noch, selbst im Restaurant sitzt man sich gegenüber und statt sich zu unterhalten wird eine WhatsApp geschrieben. Schöne Kultur."

„Alter Brummbär", sagte ich und gab ihm ein Kuss. Dann ging es zum Schwimmen in die Therme. Genauer zum Nachtschwimmen.

Das machen wir regelmäßig. Ab 19:30 Uhr darf man zum reduzierten Preis in die Therme. Dann kann man bis 23 Uhr sich vergnügen. Spaß macht vor allem das Außenbecken. Da sieht man zusätzlich beim Schwimmen die Sterne und das ist so romantisch.

Viele junge Pärchen kommen an den Wochenenden und verbringen vor der Disco ihre Zeit in der Therme.

Wir hatten mal unsere Enkel mitgenommen. Die tobten natürlich im Wasser und nahmen keine Rücksicht auf knutschende Pärchen. Das brachte uns böse Blicke ein.

Sei dem gehen wir zur späten Stunde nur zu zweit und uns beiden tut das sehr gut.

Ich war aufgekratzt und glücklich, zum Einen weil ich mit meinem Mann nach langer Zeit wiedermal hier war und zum Anderen weil ich einem verzweifelten Jungen Mann helfen konnte.

Das Leben ist doch schön, dachte ich und tauchte unter. Eng umschlungen schwamm ein Pärchen an uns vorbei.

Glücklich und zufrieden fuhren wir gegen 22:00 Uhr nach Hause, wo bereits eine hungrige Katze auf uns wartete.

16. Eine Wohnung für Uzoma

Es war endlich Frühling. 16 Grad zeigte das Thermometer. Das heißt für alle Hobbygärtner und Häusle Besitzer Gartenarbeit!

So machte ich mich mit meinem Mann ans Werk das alte Laub zu beseitigen und Terrasse und Hof in einen ansehnlichen Zustand zu versetzen. Der Nachmittag versprach schön zu werden und wir nutzten den Sonnenschein um viele liegengebliebene Arbeiten draußen zu verrichten. Der Traktor immer dabei, meist als Transportmittel für die großen Blumentöpfe. Mein Mann hatte extra dafür eine Vorrichtung gebaut und chauffierte nun die Töpfe aus dem Winterschlaf ins Freie.

Wir hatten die Enkel da, die sich bemühten, uns zu helfen. Allerdings gefiel ihnen, dass ins Laub springen besser, als die Aufräumarbeiten. Wir ließen ihnen den Spaß, erinnerte es uns doch an unsere Zeit, wo wir in ihrem Alter waren.

Die Katze war mit draußen und schaut von der Terrasse, natürlich angeleint, etwas gelangweilt zu. Nur die vorbei sausenden Vögel interessierten sie und sie duckte sich für einen Sprung ab. Die Vögel wussten wohl, dass sie nicht so hochspringen konnte, wegen der Leine und flogen extra runden um unsere Katze. Grimmig schauend zog sie sich dann unter den Trassentisch zurück.

Von den bereits blühenden Frühblühern machte ich Fotos, um sie im Internet meinen inzwischen zahlreichen Follower vorzustellen. Am Klientel hatte sich nichts geändert.

Man ging wohl immer noch davon aus, dass alle Frauen auf knackige, junge sportliche Typen stehen, die mindestens Arzt sind oder irgendetwas sehr Wichtiges tun. Wir armselig, dachte ich. Ich wünsche mir Menschen aus aller Welt, dehnen einfach nur das Bild gefällt und die einen kennenlernen wollen, so wie ich sie. Wenn man nicht weit reist, ist man neugierig und will wissen, wie ist es da in Amerika, Australien oder sonst wo. Es wäre schön die Art von Menschen zu treffen und nicht diese Scammer, mit ihrem immer gleichen vorgehen. Wie „Ich liebe dich so sehr, du bist so schön – na klar ich bin hier die Schönste – ich kann ohne dich nicht leben – ich schon, grausig.

Können die Menschen nicht einfach ehrlich sein und sich einfach nur Unterhalten? Die Technik gibt uns so viele Möglichkeiten um uns über unser Wissen, unsere Träume unsere Gefühle und unser Leben auszutauschen. Aber wir nutzen sie nicht oder zu wenig. Wenn wir freundschaftlich miteinander reden über Grenzen hinweg rücken wir näher zusammen und würden uns besser verstehen. Schade das wir unser Potential zu wenig nutzen. Stattdessen schlagen wir uns mit Leuten herum, deren einziges Ansinnen es ist, Geld aus dem ganzen herauszuholen.

Für mich gefühlt sind Kommerz und Betrug die Hauptbereiche heute im Internet. Und ich glaube nicht, dass das im Sinn des Erfinders war. Soweit ich weiß, hat ein US-Professor mit Namen Leonard Kleinrock das Internet ins Leben gerufen. Er wollte ursprünglich damit Forschungsergebnisse mit Kollegen austauschen.

Später hat dann ein britischer Entwickler mit Namen Tim Berners-Lee das ganze weiterentwickelt und für alle

Menschen zugänglich gemacht. Er nannte dieses neue Netz „World Wide Web" (kurz WWW) und stellte am 6. August 1991 die erste Internetseite online.

Am Anfang war das alles noch sehr langsam und kaum jemand wusste, wie das genutzt werden kann.

Wir hatten hier im Osten Deutschlands zu jener Zeit ganz andere Probleme und diese Entwicklung zu verfolgen. Es waren die Jahre des Umbruchs im Osten Deutschlands. Die Menschen mussten sich an eine neue Staatsform gewöhnen. Ach brachte die Wiedervereinigung viele Probleme mit sich, die viele ehemalige DDR-Bürger so nicht auf dem Schirm hatten. Es herrschte Arbeitslosigkeit im großen Stil. Viele verließen ihre Heimat im Osten um im Westen der Republik Arbeit zu finden. Viel DDR-Abschlüsse wurden nicht anerkannt und die Menschen mussten sich umorientieren. Kaum jemand wurde in der Zeit davon verschont. Jeder hatte mit sich und der Neuausrichtung seines Lebens zu tun.

Mitte der 1990 Jahre so um 1996/97 kam es langsam zu etwas Normalität. Aber der Arbeitsmarkt im Osten blieb nach wie vor schwierig. So bekam ich z. B. für meinen Sohn nur unter großen Schwierigkeiten eine Lehrstelle. Es war nicht einfach und da wundert es nicht das zu jener Zeit keiner sich für das interessierte was revolutionär in Sachen Technik geschah. Erst im Beruf selbst und in der Ausbildung meines Sohns und meiner Tochter kamen wir mit dieser neuartigen Erfindung erstmals in Kontakt.

Und als im September 1997 die bekannte Suchmaschine von „Google" online ging, war das für Studierende und

Schüler, und auch für mich die Hilfe im Leben für alle Lebenslagen. Inzwischen gibt es viele Suchmaschinen, die sogar besser sind. Und das Internet ist für zwischenmenschliche Beziehungen in sozialen Netzwerken nicht mehr wegzudenken. Es bringt Vorteile, aber auch viele Gefahren. Das sollte man immer im Auge behalten. Ich sage nur Scammer.

Ein Negative Seite des Netzes hatte ich schon kennengelernt. Jetzt versuche ich, daraus was Positives zu machen. Indem ich einen jungen Mann stückweise begleite und ihm versuche Mut zuzusprechen, um ihm irgendwie zu helfen.

Kein leichtes Unterfangen, wie ich nach und nach feststellte.

Uzoma wollte wissen, was der Frühling eigentlich bei uns ist und warum wir uns alle darauf freuen. Und ich schickte ihm ein paar Bilder von den Blumen und Sträuchern die anfingen zu blühen.

Er war noch Obdach los und hatte, das war mein Eindruck, stark abgenommen.

Uzoma war bereits schon den zweiten Tag auf einer Bank mit seiner Schwester, um sein Konto zu prüfen. Er wollte nur wissen, was er für eine Wohnung zur Verfügung hatte. Er schickte mir Fotos von der Warteschlange. Da standen die Mensch bis draußen an, stundenlang. Und wer nicht mehr dran kam, musste den nächsten Tag wiederkommen.

Uzoma ist das schon mehrfach passiert. Seinem Bein ging es zwar besser, aber seine Lebensumstände machten ihm zu schaffen, dass sah man. Er stand jetzt den dritten Tag an. Bei uns undenkbar. Da geht man zum Bankautomaten und fertig.

Am Abend telefonierten wir per Video. Ich sah das er sich zu einem Lächeln Zwang. Ich versuchte zu verstehen, was er sagte, aber es gelang mir nicht wirklich.

So entschlossen wir uns wieder im Chat zu schreiben.

„Uzoma ", fragte ich, „hast du mit deiner Schwester alles auf der Bank klären können?".

„Ja und Nein. Sie sagten, ich muss ein neues Konto aufmachen. Das Geld liegt jetzt erstmal auf dem Konto meiner Schwester".

„Reicht das für eine Wohnung für dich?"

„Nein ich glaube nicht".

Nach einer Weile Stille schrieb er weiter.

„Rosie". „Ja Uzoma?" „Rosie, ich will zu dir kommen, ich kann nicht mehr hier sein."

Ich war erst mal erschrocken über diese Nachricht und spürte, dass mit ihm was nicht stimmte.

„Was ist los?", fragte ich, „kannst du drüber sprechen?"

„Es ist schwer hier und gefährlich, ich will nicht mehr so leben. Vielleicht stelle ich was an und komm ins Gefängnis, da ist es auch nicht schön, aber die versorgen einen."

„Uzoma", schrieb ich „Nein das machst du nicht".

Er schickte mir einen traurigen Smiley. Ich überlegte, ob ihn die Obdachlosigkeit und die Aussicht da nicht wieder raus zu kommen depressiv macht.

So versuchte ich ihm Mut zu zusprechen. Aber es half nichts.

„Rosie bei dir ist es schön", schrieb er, "hier habe ich niemanden mehr. Ich bin alleine. Ich habe Angst. Du bist die Einzige die da ist. Bitte geh nicht weg. Ich will nach Deutschland!"

„Uzoma, das ist nicht so einfach", versuchte ich zu erklären.

„Aber man kann doch rüber, einige gehen einfach los?" Seine Antwort erschreckte mich sehr.

„Uzoma, sagte ich, „Bitte hör mir zu." „Der Weg, den du gehen willst, ist schwer und führt dich durch verschiedene Länder. Du musst Menschen Geld geben, damit die dich transportieren. Und das sind in der Regel nicht die besten Menschen. Dir kann viel passieren. Dann kommst du ans Meer und wirst vielleicht mit einem Boot übersetzen, dass kaum schwimmfähig ist. Du kannst ertrinken, verstehst du?"

„Ja, Rosie".

„Und Uzoma, selbst wenn du es schaffen wirst, kommst du in ein Auffanglager irgendwo in Europa und dann? Viele ziehen dann illegal weiter, viele werden zurückgeschickt oder eingesperrt. Verstehst du? Es ist keine Option Uzoma."

Er schwieg lange und ich dachte, dass er heute nicht mehr mit mir schreiben will.

Aber dann kam eine bittere Nachricht.

„Rosi ich werden auf der Straße Tod sein".

„Uzoma, schrieb ich zurück, „lass uns überlegen was wir beide machen können, um dir zu helfen."

„Ja", schrieb er.

Nur wusste ich nicht, wie sollte ich ihm helfen. Ich hatte keinen Plan, ich war nicht darauf vorbereitet und wer ist das schon.

„Uzoma, fragte ich drauf los, was kostet eine Wohnung bei euch? Könntest du denn eine bekommen, wenn du das Geld hättest?"

„Ja bestimmt".

„Okay, dann geh morgen und suche eine und dann reden wir ja?"

„Mach ich Rosie, ich muss mich verstecken und einen Schlafplatz suchen, es ist sehr Dunkel schon."

„Pass auf dich auf Uzoma."
„Ja mach ich und gute Nacht". Versehen mit einem Herz und einem müden Smiley.

Oh man, was habe ich da wieder angestellt. Er tat mir leid, ab wie sollte ich ihm helfen.
Er war ein trauriger, ängstlicher und verzweifelter junger Mann, der sich wie ein Strohhalm an mich festhielt. Meine verfluchte ewige Neugier hatten mich dahin gebracht.
Ich wusste, es gab kein Zurück mehr. Irgendetwas musste ich mir einfallen lassen, nur was? Oh je, ich hatte mich in Schwierigkeiten gebracht. Es gab zwei Optionen. Ich breche hier ab und überlasse Uzoma seinem Schicksal. Oder ich versuche irgendwie zu helfen, ihm Hoffnung auf eine Zukunft in seinem Land zu geben, dass das nicht leicht sein wird, war mir klar.

Ich versuchte Möglichkeiten zu finden, wie man helfen kann. Viele schlaue Artikel aber keiner die mir weiterhalf. Auch die Organisation, an die ich mich gewandt hatte, hatte es nicht für nötig erachtet wenigstens auf eine Mail zu reagieren.
Kurzum ich war auf mich alleingestellt und musste das Problem irgendwie angehen.
Uzoma ist ein Fall, einer der in mein Bewusstsein eingedrungen ist. Ein Fall von geschätzten 7 Millionen Menschen, die in Armut leben. Wenn ich dem Netz glauben darf, ist Nigeria zwar reich an Bodenschätzen, aber eine korrupte Politik und ausländische Ölfirmen beuten das Land aus. Da zieht viele Problem nach sich. Auf Grund der der hohen Armutsrate ist auch die Kriminalitätsrate in Nigeria sehr hoch. Unkalkulierbare Risiken für Leib

und Leben durch Bedrohungen, Erpressung, Raub, Entführung und Mord stehen an der Tagesordnung. Die korrupten Behörden unternehmen nichts dagegen.

Uzoma hat mir oft berichtet, von seiner Angst in der Dunkelheit. Dem Verstecken um zu schlafen, verstecken seiner Habseligkeiten vor Anderen die auf Raub aus sind.

Es ist gefährlich in Nigeria, es ist gefährlich, dort auf der Straße zu leben.

Mit diesen Gedanken im Kopf versuchte ich einzuschlafen. Ich fragte meinen Mann, was hältst du davon jemanden zu adoptieren. Er schaute mich besorgt an und fragte mich, ob der Tag sehr hart heute war. Ich drückte meinen Kopf tief ins Kissen und murmelte nur ein „und wie". Irgendwann schlief ich ein und merkte nicht, wie die Katze sich zwischen uns schob. Ich hatte vergessen die Schlafzimmertür zu schließen.

Der neue Tag begann mit Sonnenschein aber kaltem Wetter. Für März gar nicht so selten. Aber wir waren inzwischen nicht mehr so viel kälte gewöhnt. In den anderen Jahren was immer wärmer geworden. Nur dieses Jahr wollte die arktische Luft einfach nicht verschwinden. Aber die Sonne schien und ich startete fröhlich in den Tag. Meine Katze konnte es nicht erwarten draußen den Sonnenschein zu begrüßen. Mein Mann ließ sie an der Leine raus, nur um sie 5 Minuten später wieder rein zu holen.

„Na zu kalt" begrüßte er sie. „Miau" war die Antwort, Leine ab und auf die Heizung gesprungen. Dann wurde sich geputzt und sich lang auf der Heizung ausgestreckt. Der Futternapf war voll, ein schönes Katzenleben.

Am späten Nachmittag kamen meine Probleme zurück. Uzoma meldete sich mit einem schütternden „Hallo" und „bist du da?"

„Hallo Uzoma, wie geht es dir? Konntest du was erreichen?"

„Ja ich habe eine Wohnung. Ich könnte gleich einziehen."

„Und was ist das Problem Uzoma?" Blöde Frage, dachte ich als ich, dass schrieb, ich weiß ja, was jetzt kommt.

„Ich habe nicht das Geld, mir fehlen 200 Euro".

„Was kostet den die Wohnung, Uzoma", fragte ich.

„Umgerechnet 600 Euro."

„Im Monat?" „Nein Rosie, im Jahr."

„Im Jahr? Kannst du nicht monatlich bezahlen Uzoma?"

„Nein Rosie, hier ist es anders. Du musst gleich für 1 Jahr im Voraus bezahlen. Sonst bekommst du die Wohnung nicht."

Ich schwieg kurz, dann dachte ich nur 200 Euro und jemand ist von der Straße in einem gefährlichen Staat.

„Uzoma ich schicke dir die 200 Euro".

„Rosie bitte mit Streamkarte die sind mehr wert."

Nach einer ganzen Weile kam ein „Rosie Danke". Dann ein Foto, er stand da und ich sah sein mühevolles lächeln. Er versuchte ordentlich auszusehen und versteckte seine Füße, die wahrscheinlich voller staub waren. Die Haare waren etwas grau vom Straßenstaub, aber er hatte ein Lächeln mit beneidenswerten weißen Zähnen. Er könnte für jede Zahnpaste der Welt Werbung machen.

Ich schrieb ein „Schon gut Uzoma zurück".

Die nächsten zwei Tage verbrachte ich damit Streamkarten zu organisieren und sie Uzoma zu schicken. Der sammelte diese, um sie dann im Netz zu verkaufen.

Und dann war es soweit.

„Ich habe das Geld für die Wohnung zusammen."

„Oh gut Uzoma, dann hol dir die Wohnung und bitte schicke mir ein Video".

„Ja mach ich, ich geh aber erst zu meinen Freund. Ich muss mich waschen und umziehen und dann auf die Bank."

Bei diesen Worten merkte ich das er irgendwie froh und vielleicht auch glücklich war, ganz anders als in den letzten Tagen.

Nun hatten wir immer von einer Wohnung gesprochen. Und ich setzte da unsere Maßstäbe an, natürlich mit Abstrichen. Vor allem wenn ich da an die Wohnung der Mutter dachte und mir die Bilder und Videos von Uzoma in Erinnerung rief.

Da wo er war, wohnten ausnahmslos arme Menschen. Und ich hoffte nur, dass er etwas Ordentliches bekam. Eine Wohnung, eine Einraumwohnung vielleicht, mit Küche wie bei uns. Oder zwei Räume. Aber irgendwie ahnte ich schon, dass hier ganz andere Maßstäbe galten.

Spät am Abend schrieb er mir, dass er die Wohnung hat, aber er erst morgen mir ein Video schicken kann. Es ist zu Dunkel für ein Video und es gibt kein Licht, schrieb er.

Und nach einer Weile „Danke Rosie".

„Uzoma schläfst du heute in der Wohnung?"

„Ja auf dem Boden".

„Wenigsten nicht mehr draußen", schrieb ich hinterher.

„Nein, es ist besser so."

„Bist du glücklich Uzoma?", fragte ich weiter.

„Ja Rosie und Danke. Du warst die Einzige, die mir geholfen hat. Danke."

„Na da kann ich dir heute eine gute Nacht wünschen."
„Gute Nacht Rosi, schlafe gut."

Am nächsten Tag konnte ich kaum erwarten, dass sich Uzoma bei mir meldet. Er schickte mir ein Video und schrieb: „Das ist mein Haus Rosie".

Zugegeben ich war leicht irritiert und auch vielleicht schockiert von dem was ich sah. Aber hatte ich was Anderes erwartet? Eigentlich nicht. Er sprach von einem Haus und genau genommen war es auch eins, aber eins mit nur einem Zimmer.

Es war wie ich es schon überall in Owerri auf Bildern und Videos gesehen hatte, ein Gebäude aus Beton mit einer Holztür und einem Fenster mit Gittern und einem Wellblechdach. Dieses Haus erinnerten mich wieder stark an DDR-Garagen aus den 60iger Jahren. Das Haus bestand auch nur aus diesem einen Raum. Ohne irgendetwas. Keine Küche, kein Bad, keine Toilette. Auch hatte sie keinerlei Wasseranschluss. Auf dem Video schob Uzoma eine alte Bretterholztür auf. Die Wohnung hatte einen sehr alten Betonfußboden, der sehr fleckig war. Von dunkel Braun bis dreckig weis war alles da. Die Wände waren blau gestrichen, aber die Farbe war abgeblättert. Gegenüber der Tür war ein Fenster, das mit Fensterläden aus Holzbrettern verschlossen wurde und vergittert war. Neben der Tür war auch ein Fenster nur kleiner.

Die Decke war mit weißen Holz- oder Pappplatten verkleidet, damit man nicht das Wellblechdach sah. An manchen Stellen konnte ich erkennen, dass dort Wasser reingelaufen war. Vielleicht war es deswegen feucht und die Farbe abgeblättert.

Uzoma schrieb: „Gefällt es dir?" So wirklich wusste ich nicht, was ich ihm antworten sollte. Als so schrieb ich: „Es muss dir gefallen Uzoma, du wirst dort wohnen. Aber ich bin so froh, dass du wieder ein Zuhause hast.

„Ich werde es schön machen, du wirst es sehen."

„Das glaube ich dir Uzoma".

Mehr wusste ich nicht zu sagen. Aber es war gut zu wissen, dass er nicht mehr auf der Straße schlief und sich vor irgendwelchen Leuten verstecken musste.

Ein Fortschritt, dachte ich, wenn auch ein kleiner. Für Uzoma jedoch war es seine Welt, seine erste eigene Wohnung.

Uzoma zeigt seine neue Wohnung

Was machen wir nicht als Eltern für unsere Kinder, wenn sie die erste Wohnung beziehen. Ich weiß noch, wie es bei uns war. Wir waren im Dauereinsatz. Renovieren, Möbel kaufen, Transportieren, Möbel aufstellen. Bezahlen? Zu 99 % durch die Eltern. Die Kinder sind dann meistens in Ausbildung oder beim Studium und haben keine üppigen Einkünfte. Meisten wird dann auch eine WG bezogen, wo dann die Eltern das Bezahlen der Einrichtung übernehmen. Das habe ich zweimal durch. Und da bin ich bei weitem nicht die Einzige.

Und dieser Junge freute sich über ein Zimmer, das eher einer baufälligen Garage glich als einer Wohnung. Und er war glücklich.

*Uzoma ist glücklich
über sein neues Zuhause*

17. Uzoma renoviert und ich lerne das deutsche Gesundheitswesen kennen

Das wir Probleme im Gesundheitswesen haben, ist nicht erst seit Corona bekannt.

So lange dir nichts fehlt, hörst du es und siehst es im Fernsehen, nimmst es aber nicht wirklich wahr. Erst wenn du selbst in die Tretmühle des deutschen Gesundheitswesens gerätst, erkennst du die ganze Tragweite des Problems. Das deutsche Gesundheitswesen ist besser als anderswo „aber" – das „Aber „bezieht sich zum einen auf ein geschmackloses Krankenhausessen, grantige und übermüdete Ärzte oder Ärzte, die glauben Götter zu sein. Es bezieht sich auf kurz angebundene und überforderte Schwester, die nach mehreren Stunden Ambulanzdienst am Rande der Erschöpfung sind. Dazu kommen überfüllte Wartezimmer. Aber ein Punkt, der für mich sehr wichtig ist, ist die Entmenschlichung des Gesundheitswesens an sich. Sie drückt sich darin aus, dass immer weniger Zeit für den Patienten vorhanden ist, aber auch dadurch, dass immer mehr Leistungen zumindest zum Teil aber doch oftmals selbst zu tragen sind. Selbst die medizinische Welt, die den Menschen und seine Bedürfnisse ohne Ansehen seiner finanziellen Potenz im Zentrum haben sollte – wird immer ökonomischer.

Du wirst eine Nummer, ein Gegenstand, ein ökonomischer Faktor. Du bist nicht mehr ein Patient, ein kranker Patient, sondern nur noch ein Geld einbringendes etwas.

Kurz um, ich durfte alle die positiven und negativen Seiten unseres Gesundheitswesens voll ausschöpfen.

Es begann mit einer Routineuntersuchung. Meine Ärztin meinte, dass mir ein kleiner Eingriff bevorsteht, der ambulant im Krankenhaus erledigt werden kann. Es wäre notwendig den umgehen zu erledigen, ehe was Schlimmeres daraus entsteht. Ich sagte zu. Und meine Ärztin besorgte mir umgehend per Telefon die dafür notwendigen Termine. „Das geht aber schnell", fragte ich erstaunt. „Ja, solange die Kapazitäten dafür da sind, sollte man die Chance ergreifen", meinte sie. „Während Corona sah das anders aus."

„Dann muss ich ihnen sagen, dass sie für die Ultraschaluntersuchung noch 40 Euro bezahlen müssen. Es tut mir leid, aber die Krankenkassen bezahlen das nicht mehr."

„Schon gut", brummte ich und fragte mich innerlich, warum vom Lohn eigentlich die Krankenkassenbeiträge abgezogen werden. Für was sind die, wenn man alles selber bezahlen muss.

Die Schwester am Tresen kassierte und gab mir einen Krankenschein für den Tag der Voruntersuchung und des Anamnesegesprächs im Krankenhaus. Dieser Termin war 3 Tage vor dem Eingriff.

Ich fragte die Schwester am Tresen, warum ich einen Krankenschein brauche für ein kurzes Arztgespräch und einer kurzen Untersuchung. Mit den Worten „Sie werden schon sehen" ließ sie mich ratlos zurück.

Ich schrieb Uzoma, dass ich mal 3 Tage nicht erreichbar bin. Was bei ihm eine kleine Panik auslöste.

Er fragte gleich, was los war. Ich schilderte kurz mein Problem eines ambulanten Eingriffes.

„Ist es ernst Rosie?" fragte er darauf hin. „Nein Uzoma, einfach Routine, nichts von Bedeutung."

„Ich werde dich vermissen." „Okay Uzoma, wenn ich kann, melde ich mich bei dir, versprechen kann ich das aber nicht"

„Ja gut aber vergesse das nicht!"

Der Tag zum Vorgespräch kam ran und mein Mann fuhr mich um 7:00 Uhr zur Voruntersuchung ins Krankenhaus. „Ich bleibe gleich mit hier." Sagte mein Mann, da noch im guten Glauben, dass es nicht lange dauert.

Also stellten wir uns am Tresen an und nach einem Corona Test eröffnet mir die Servicekraft, dass ich jetzt eine Wartemarke ziehen darf.

Auf dem Display sah ich, dass die Nummer 33 dran war. Ich zog aber die Nummer 64. Uff dachte ich, da kann man nur hoffen, dass hier schnell gearbeitet wird.

Ich nahm die Wartemarke und setzte mich mit meinem Mann in den Wartebereich.

Wir hatten jede Menge Zeit und beobachtet die Leute. Interessante Menschen aller Altersklassen konnten wir beobachten. Gegenüber unserer Stuhlreihe waren 4 Kabinen. Nach und nach wurde über den Lautsprecher eine anonyme Wartenummer aufgerufen. Die Türen waren nicht besonders breit und auch die Kabine selbst nicht sehr groß, wie ich sehen konnte, so das Rollstuhlfahrer Probleme hatten mit ihrem Gefährt in die Kabine zu kommen.

Die Menschen standen und saßen im Wartebereich, einige hatten sich ausreichend zu Essen mitgebracht und veranstalteten dort ein kleines Picknick.

Eine Mutter hatte einen klappbaren Handwagen und fuhr mit ihrem 3-jährigen Jungen immer wieder ihre

Runden. Dieser hatte ausreichend Spielzeug im Wagen und auch für die Versorgung hatte die Mutter gesorgt.

Nach einer Stunde etwa wurde Nr. 46 aufgerufen. Mein Mann führte derweil ein Schwätzchen mit einem Mann, der neben ihm saß. Natürlich über die Krankheiten, die beide hatten. Soweit ich es mitbekam, ging es darum wer die meisten Stents hatte. Nur so viel, mein Mann hat gewonnen.

Nr. 49 wurde aufgerufen und ich saß jetzt 1 Stunde und 30 Minuten im Wartebereich. Aber ich bekam langsam Routine in der Beobachtung. So stellte ich fest, dass Kabine 1 und 2 am schnellsten aufrufen, während 3 und 4 nur sehr selten auf den Knopf drückten um Patienten hereinzubitten. So hoffte ich im Leisen, in Kabine 1 oder 2 aufgerufen zu werden. Neben mir wurde das 2. Frühstück ausgepackt und es duftete nach Kaffee.

Ich ging zu einem der Automaten und holte mir und meinem Mann einem Automatenkaffe. Nicht besonders lecker, aber egal.

Nr.55 wurde aufgerufen. Oh dacht ich, jetzt kann es nicht mehr lange dauern. Neben mir setzt sich eine ältere Dame, auf deren Wartemarke die Nr. 83 vermerkt war. Mit bedauern sah ich sie an. „Na wir haben es gleich geschafft!" Vernahm ich meinen Mann.

Dann endlich nach 3 Stunden Wartezeit, aber gefühlten 4 Stunden, kam meine Nummer dran. Im guten Glaube das dort alles stattfand, was für eine Aufnahme notwendig war und ich dann wieder gehen kann, ging ich gut gelaunt hinein.

Dort wurde allerdings nur meine Versicherungskarte durch ein Gerät gezogen und die Personalien verglichen.

Den Überweisungsschein meiner Ärztin musste ich abgeben und bekam einen Zettel für die Station. Damit sollte ich mich auf der entsprechenden Station melden.

Dauer des Kabinenaufenthaltes – keine 5 Minuten, bei 3 Stunden Wartezeit!

Mit dem Zettel in der Hand suchten wir die Station und den Fahrstuhl, der uns dahin bringen sollte. In meiner Wut auf die lange Wartezeit für eine 5-minütige Anmeldung stieg ich in den verkehrten Fahrstuhl mit meinem Mann. Ich landete im Kreißsaal.

Aufgrund meines Alters schätze die Krankenschwester die Situation richtig ein und meine, dass ich sicher nicht niederkomme. Wir sollten wieder nach unten und den Fahrstuhl daneben nehmen.

Als ich auf Station ankam, war es bereits 10:50 Uhr. Die Schwester bittet mich, im Warteraum der Station Platz zu nehmen. Nach ungefähr zwei weiteren Stunden wurde ich aufgerufen. Die Küchenservicekräfte verteilten inzwischen das Mittagessen auf Station.

Nach einer kurzen Untersuchung von zwei sehr jungen Ärzte in Ausbildung, wie ich auf dem Namensschild gesehen hatte, wurde ich wieder ins Wartezimmer gesetzt. Mein Mann sucht inzwischen die Kantine auf, um sich etwas zu stärken.

Endlich rief die Chefärztin nach mir und versuchte mir mit warmen und ruhigen Worten, den Eingriff zu erklären. Dann bekam ich wieder einen Zettel und sollte zum Anamnesearzt, der ebenfalls mit mir sprechen wollte.

Also fuhr ich nach unten und suchte den Wartebereich. Auf den Weg dahin traf ich die Mutter mit dem 3-jährigen Kind im Handwagen. Sie lächelte und irrte auch mit einem Zettel in der Hand durch die Gänge.

Im Wartebereich des Anamnesearztes saßen schon einige Wartende. „Wie lange sind sie schon hier?" fragte mich ein älterer Herr.

Ich schaute auf die Uhr, es war inzwischen 12:30 Uhr. „Ca. 5 Stunden." rief ich zurück.

„Ja, ich auch fast." Ich merkte nach einer Weile, dass es keine Aufrufe gab. Niemand wurde aufgerufen. Nach gefühlt einer Stunde wagte ich mich zur Schwester vor.

„Entschuldigung", fragte ich schüchtern. „Werden wir hier gar nicht aufgerufen?"

„Doch". War die knappe Antwort. „Wenn der Arzt da ist." Die Antwort erhielt ich, ohne dass sie mich nur eines Blicks würdigte. Sie gab weiter irgendetwas in den vor ihr auf dem Tisch stehenden Computer ein.

Nach einer weiteren Stunde Wartezeit wurde es einen älteren Herrn zu viel. Er ging vor zur Schwester und wollte sich beschweren. Das hätte er nicht tun sollen.

Er wurde von der Schwester lautstark gemaßregelt. Dann kam sie raus blickte in den Gang, wo wir alle standen oder saßen und fragte in die Runde. „Will sich noch einer beschweren?". Man hörte keinen mehr atmen, es war totenstill.

Endlich wurde ich aufgerufen, inzwischen war es 15.00 Uhr und mein Mann saß schlecht gelaunt in einer Ecke des Wartebereiches.

„Guten Tag" sagte ich. „Tag", gab die Ärztin im gebrochene Deutsch zur Antwort. Auf ihrem Namensschild konnte ich Dr. Goborowa oder so ähnlich lesen.

Sie hatte meine Akte vor sich und fing an darin zu blättern. „Wo ist ihr Blutbild?" Fragte Sie mich. „Mein Blutbild?" „Ja hat man ihnen auf Station kein Blut gezogen?" „Nein", ich. „Dann müssen sie nochmal auf Station und das nachholen, das brauche ich hier." „Wo ist ihr EKG?" „Welches EKG?", fragte ich zurück. „Haben sie keins?" „Nein!" „Das muss auch gemacht werden. Ohne das kann ich keine Dosis festlegen und die Art der Narkose auch nicht!" „Sie gehen erst zum EKG und dann zum Blutziehen!"

„Jawohl!" antwortete ich. Während die Ärztin alle anrief, sammelte ich meine Sachen ein und stürzte los. Mein Mann in der Annahme das wir gehen können, kam mir entgegen.

Ich sagte, ich muss zum EKG und dann Blut ziehen. Er verdreht die Augen und wir stürzten los.

Beim EKG kam ich außer Atem an. Die dortige Schwester zog gerade ihren Mantel wieder aus, sie wollte nach Hause und hatte eigentlich schon Feierabend.

Sie schloss mich in Windeseile an die Geräte an und ruck zuck war ich auf dem Weg zum Blutziehen. Das war mein schnellste EKG, dachte ich, was ich je hatte. Wieder auf Station angekommen, wartete schon eine Schwester auf mich, auch das Blutziehen wurde in einer rekordverdächtigen Zeit absolviert.

Wieder unten angekommen musste ich noch 30 Minuten warten und wurde dann aufgerufen. Gegen 17 Uhr verließen wir das Krankenhaus. „Jetzt weist du, warum du einen Krankenschein für diesen Tag hast", sagte mein Mann. „Ja", sagte ich.

Spät am Abend meldete sich Uzoma per Video. Es war dunkel und man konnte kaum was erkennen.

„Ich räume auf", rief er auf Englisch". Dann blickte ein weiterer schwarzer Wuschelkopf über seine Schulter. Uzoma schob ihn beiseite. Und sagte: „Das ist mein Bruder, der hilft mir".

„Schön", sagte ich. Viel Lust zum Reden hatte ich nicht, nach dem Tag.

„Geht dir es gut?" Fragte Uzoma weiter. „Ja „gab ich zur Antwort. „Ich bin nur kaputt Uzoma". „Gut dann reden wir morgen weiter. Ich schicke dann auch ein Video über das was wir schon gemacht haben."

„Ja, danke Uzoma". Und dann drehte ich mich um und schlief auf dem Sofa ein.

18. Uzoma, ich und
die Präsidentschaftswahl in Nigeria

Am nächsten Tag war ich wie erschlagen. Wie anstrengend doch so ein „Anmeldetag" sein kann. Auf Arbeit ging alles seinen gewohnten Gang. Arbeit mehr als genug, vor allem mit wenig Personal. Es war wie überall. Stellen, die frei waren, weil Kollegen in Rente gingen, wurden nicht mehr besetzt. Ein natürlicher Stellenabbau sozusagen. Und da wo neue Stellen ausgeschrieben wurden, konnte man keine geeigneten Bewerber finden. Alles in allen eine fragliche Personalpolitik. Für die in der Verwaltung verbleibenden hieß das mehr Arbeit und auch Überstunden.

Also ganz normal. Jüngere Kolleginnen und Kollegen, die gerade ihre Ausbildung abgeschlossen hatten tendierten eher zum Homeoffice und zu einer reduzierten Arbeitsstundenzahl.

Ihrer Meinung nach wird Vollzeit zu arbeiten viel zu sehr überbewertet. Schließlich wollte man auch Freizeit haben. Es ist eine andere Jugend und eine andere Zeit, mit anderen Wertevorstellungen als wir Alten sie noch vertreten.

In den Pausen unterhält man sich kaum noch. Man redet allenfalls mit dem Handy.

Auch in den Fußgänger Passagen kommen mir oft junge Leute mit Handy entgegen. Dass es noch keinen Zusammenstoß gab, ist bei weiten verwunderlich. Da wird im Gehen geschrieben oder sonst was gemacht. Man achtet nicht mehr auf die Umwelt. Eine verrückte Zeit.

Aber ich merke auch, dass viele Älter genauso Handyabhängig sind und da nehme ich mich nicht aus. Auch bei mir ist das Handy der tägliche Begleiter. Man fühlt sich nackt, wenn es nicht in der Nähe ist. Es ist ein gesellschaftliches Problem für alle Altersklassen. Sobald es irgendwie klingelt, piept oder sonst ein Geräusch macht, schaut man darauf. Schließlich will man nichts verpassen. Facebook und Instagram und Co. tragen ihren Teil noch dazu bei. Soziale Medien Dank, sind wir als Gesellschaft ohne es zu merken in die Abhängigkeit gerutscht.

Ob in Bus oder Bahn, im Wartezimmer oder auf dem Sofa. Das Smartphone ist ständig und überall zur Stelle. Wenn man den hiesigen Statistiken glauben darf, verbringen wir mindestens zwei Stunden täglich mit dem Handy, ständige Erreichbarkeit ist selbstverständlich.

Bei den 18- bis 29-Jährigen hängt mehr als jeder Vierte sogar mehr als vier Stunden pro Tag am Smartphone. Soziale Kontakte leiden schwer darunter.

Und auch ich ertappe mich dabei, immer wieder zu schauen, ob es was Neues für mich gibt, hier eine Nachricht auf Facebook dort auf Instagram und dann noch WhatsApp und Telegramm. Man ist bei so viel Information mehr als überfordern. Auch Behörden und Firmen werben und schreiben über die sozialen Medien. Selbst in der Corona Krise war das Handy allgegenwärtig und ein wichtiger Bestandteil des Testprogramms. Wir kennen alle die dazugehörigen Apps.

So verwunderte es auch nicht, das ich immer mal wieder schaute, ob Uzoma mir die versprochenen Videos geschickt hat.

Aber dann kam eine Nachricht: „Hallo Rosie, schau was ich mit dem Haus gemacht habe." Dazu ein Video was Uzoma mitgeschickt hatte.

„Ich bin noch nicht fertig, aber schau mal". Schrieb Uzoma dazu und ich fühlte seinen Stolz.

Im Video konnte man sehen, dass Uzoma versucht hat das kleine garagenähnliche Haus wohnlich zu gestalten. Die Wände waren jetzt weiß getüncht. An der Eingangstür hatte er einen Vorhang angebracht. Einen dunkelblauen, schweren Vorhang mit einem in Afrika typischen Muster. Man sah zwar an der Decke noch wo es reingeregnet hat, aber auch da hat er versucht die Flecken abzudecken.

An der Wand hat er ein gerahmtes Bild von sich angebracht und einen Spiegel auf der anderen Seite. Mit seinen bescheidenen Mitteln hat er versucht es schön und gemütlich aussehen zu lassen.

Er war noch online und ich merkte, dass er auf meine Reaktion wartet.

„Uzoma, soweit ich sehen kann, hast du das Zimmer sehr schön gestaltet".

„Es gefällt mir Uzoma." „Danke" schrieb er zurück. Aber ich zeige dir noch was, was wir gemacht haben. „Okay Uzoma, zeig her."

Dann kam ein Video, was mich doch sehr überraschte. Sie hatten auf der eine Seite der Wand statt Lampen wie bei uns üblich, einen Lichtschlauch gelegt. Der leuchtet Lila, dann Rot, Grün. In allen Farben. Im Hintergrund hörte ich Uzoma lachen, zum ersten Mal seitdem wir uns kennen. Das lila Blinklicht kannte ich bereits von seinen

Fotos und Videos, die er mir aus Geschäften oder aus der Wohnung seines Freundes schickte.

Das scheint sehr beliebt zu sein in Nigeria.

„Weist du Rosie, wir haben hier 2 Stunden am Tag Strom, da schalte ich es immer an es gefällt mir."

„Es sieht schön aus Uzoma, mir gefällt es auch, was du gemacht hast".

Dann schickte er mir noch ein Bild, wo er in der neuen Wohnung drauf war, im Spiegel spiegelte er sich beim Fotografieren.

Er war sichtlich stolz. Und irgendwie freute ich mich auch über diese bescheidende Bleibe, hatte ich doch ein kleinbisschen mitgewirkt.

„Ich muss noch ein Bett bauen und den Fußboden schön machen", schrieb er weiter.

„Bist du glücklich? Fragte ich ihn. „Ja war die Antwort".

„Ich habe keine Eltern mehr Rosie, ab ich habe dich. Danke dass du da warst."

Er schickte einen lachenden Smiley und ein Herz hinter her.

Am restlichen Abend sah ich mal auf Facebook nach dem Rechten. Dort wollte immer noch ein Chirurg namens Robb Murry mich dringend kennenlernen. Ich schrieb, dass er einsam ist und eine Unterhaltung mit mir wünscht. Anbetracht meiner einschlägigen Erfahrungen drückte ich ihn weg.

Eine alte Freundin hatte Urlaubsbilder gepostet. Sie hatte sich gerade von ihrem Mann getrennt und war zum ersten Mal ohne ihren Mann nach Thailand gereist.

Sie postet in allen Lebenslagen. Mal als Wanderin mit Bergschuhen im Regenwald. Dann sehr knapp bekleidet am Strand und am Pool. Wieder mit einer Gruppe junger Leute beim Tauchen. Die Bilder nahmen kein Ende. Man merkte, dass sie zeigen wolle – hey ich bin auch glücklich ohne dich. Ihr Mann hatte eine andere und sie hatten sich angeblich einvernehmlich getrennt. Leider sagte die Gerüchteküche was Anderes. Aber ihre Bilder waren so gestaltet, als wollte sie ihrem Ex sagen: Hey schau her, was du verloren hast.

Vielleicht sollte ich den Chirurgen Robb Murry einen Tipp geben, wenn er doch so alleine war? Aber das wäre unfair gegenüber meiner Freundin, obwohl ein bisschen übertreibt sie doch mit ihren Bildgeschichten!

Meine Tochter rief mich aus München an, um mir die neusten Geschichten über die Zwillinge zu erzählen. Sie hatten ihre ersten Zensuren bekommen, der eine Zwilling eine Eins und der andere Zwilling eine Zwei, aber für die Jungs ganz ordentlich.

Sie waren auf dem Weg zum Fußball. Beide spielte in der Gruppe U7 in Unterhachingen.

Dort trainierten die beiden 6-Jährigen. Ihr Trainer hatte schnell gelernt nicht beide gleichzeitig einzusetzen.

Wenn beide auf dem Spielfeld sind, dann interessieren sich die beiden nicht für die anderen Spieler. Die sind dann gar nicht da für die Beiden. Egal ob Gegner oder eigen Mannschaft. Sie spielen sich den Ball gegenseitig zu, alle anderen sind ausgeblendet. Rufe vom Trainer den Ball abzugeben verhallen. Die beiden machen ihr eigenes Ding, als wären sie die einziehn auf dem Spielfeld.

So muss einer draußen auf der Bank warten, bis der Trainer einen Wechsel vornimmt. Anders ist den beiden nicht beizukommen.

Ein paar Tage später kam von Uzoma ein Video, was mich sehr erschreckte.

Die Hände waren blutig und die Beine zerkratzt und aufgerissen, sie blutenden auch.

„Uzoma was hast du gemacht? Bist du wieder irgendwo reingefallen?" Fragte ich gleich.

„Nein wir wurden verprügelt".

„Was Uzoma, wem solch verhauen"? Fragte ich.

„Die Armee". Kam von Uzoma die Antwort.

„Die Armee Uzoma? Habt ihr euch mit der Armee angelegt?"

„Hier ist es noch gefährlicher als sonst, es sind Präsidentschaftswahlen. Und wer nicht mitmacht oder auf der richtigen Seite steht, wird gejagt und verprügelt."

„Aber Uzoma habt ihr demonstriert?", fragte ich zurück.

„Nein, du hattest gesagt, ich soll mir eine feste Arbeit suchen. Da wollte ich, mein Freund war mit und auf einmal kamen Leute angerannt. Wir wissen nicht warum, meinen Freund haben sie voll erwischt."

„Voll erwischt?"

„Ja, sie haben ihn geschlagen." Dann gab es ein Video Anruf, dort sah ich die beiden.

Der Freund sah übel zugerichtet aus, er blickte ängstlich und Uzoma versuchte, seine Verletzungen nicht so offen zu zeigen, ich sah aber das er zitterte.

„Habt ihr euch gewehrt?"

„Ich konnte mich losreißen und bin durch einen Zaun entkommen. Mein Freund nicht.", schrieb Uzoma.

„Die Verletzungen an der Hand sind vom Zaun?"

„Nein von einem Stock, die am Bein sind vom Zaun, als ich durchgesprungen bin."

„Uzoma wo seid ihr jetzt"?, fragte ich besorgt.

„In einem Hof bei meinem Freund, draußen. Wir warten bis es ruhig ist."

„Ist das immer so bei Wahlen bei euch?" Wollte ich wissen.

„Ja, und es wird immer schlimmer."

„Passt auf euch auf Uzoma, bitte."

„Ja, das werden wir."

Oh dachte ich Präsidentschaftswahlen in Nigeria. In den Nachrichten bei uns kam nichts darüber. Auch nichts von Ausschreitungen und Gewalt.

Der Ukrainekrieg und die Energiekrise beherrschen die Nachrichten. Eventuell noch China und die USA. Das war es dann auch schon.

Afrika hatte man wohl ganz ausgeblendet.

Ich recherchierte im Netz und erfuhr so, dass das Hauptthema der Wahl der bewaffneten Kriminalität galt. Laut einer Umfrage der nigerianischen Online-Zeitung Premium Times finden 42 % der Nigerianer, dass der nächste Präsident sich auf die bedrohliche Sicherheitslage konzentrieren sollte. 30 % finden die Wirtschaft das wichtigste Thema, 14 % die Stromversorgung und 13 % die Korruption.

All das, einschließlich die prekäre Sicherheitslage hatte mir Uzoma immer wieder bestätigt. Immer wieder sagte er im Chat, es ist gefährlich bei uns. In der Obdachlosigkeit schrieb er oft, dass er sich verstecken muss um sich und seine Sachen zu schützen. Telefonieren konnten wir abends nicht mehr. Es durfte keiner sehen, dass er ein Handy hat und er mit mir sprach. Er meinte, dass könnte für ihn gefährlich werden. Tagsüber war er manchmal bei seinem Freund oder dort, wo er mal bei seiner Mutter gewohnt hat. Die Gegend kannte er und wusste, wo er in der Not hinkonnte. Er war immer allein unterwegs und mied andere. Oft erzählte er mir, dass er weine. Ein junger Mann von ca. 24 Jahren. Sein Leben lief so gar nicht, wie er sich das einmal erträumt hatte. Das Auseinanderbrechen seiner Familie. Hunger, Perspektivlosigkeit trugen viel dazu bei, das er oft mich traurig mit ernsten Blick per Video ansah. Ich versuchte mit meinem Humor ihm zu lächeln zu bewegen. Manchmal gelang es mir und er zeigte seine beneidenswerten wunderschönen weißen Zähne, die jeden Zahnarzt stolz machen würden.

Er wollte weg von Nigeria. Auch das hat er mir oft geschrieben. Er wollte nach Deutschland, wo man seiner Meinung nach sicher war. Er wollte so leben wie ich. Ohne ständig auf der Suche nach Essen und Wasser.

Einmal erzählte er mir, dass in dem Ort wo er einmal als Kind gelebt hat, in Emekuku einen Überfall gab. Der Ort ist ein Vorort von Owerri. Es wurden Leute ausgeraubt und die kleinen Häuser angesteckt.

Ein großes Problem in ganz Nigeria. Und oft sind kleine Gemeinde oder Siedlungen am Rande der Stadt davon betroffen. Nicht selten mit tödlichen Ausgang. Ein Leben zählt nicht viel in Nigeria. Zu Raub kommen Entführungen und Erpressungen verbunden mit bewaffneten Banditentum hinzu. Da gehört Taschendiebstahl schon zu den eher harmlosen Verbrechen.

Die Behörden sind, so Uzoma, entweder machtlos oder korrupt. Hilfe für die geschundene Bevölkerung gibt es nicht.

Mit Uzomas Worten: „Rosie du weißt nicht, wie es hier läuft." Hatte er mir immer wieder gesagt. Einmal habe ich ihm eine Streamkarte geschickt. Von dem Geld hat er in der Bank jemand bestochen, der für ihn sein Konto wieder gang bar gemacht hat.

„So läuft es hier," schrieb er mir.

Korruption und Kriminalität gehen meist Hand in Hand. Die kleinen Leute wie Uzoma haben weder zur Regierung noch zu den Sicherheitsbehörden vertrauen.

Uzoma ist katholisch und geht oft in seine Kirche. Er glaubt fest und erzählte mir auch, dass man dort über seinem Glauben nicht so offen spricht. Auch das kann gefährlich werden.

Wir ich aus der Onlineseite der Tageschau erfuhr, hatte in Nigeria der Kandidat der Regierungspartei die Präsidentenwahl gewonnen. Die zwei wichtigsten Gegenkandidaten von Tinubu, Abubakar von der größten Oppositionspartei PDP sowie Peter Obi von der Labour-Partei, erzielten laut Wahlkommission 6,9 Millionen beziehungsweise 6,1 Millionen Stimmen.

Über so viele Stimmen wären unser Politiker froh.

Ich schieb es Uzoma. Er kommentierte diese Nachricht mit den Worten: „Rosie, es hat der Falsche gewonnen. Es wird sich nichts ändern und es wird schlimmer werden. Ich komme besser zu dir!"

„Uzoma!" Schrieb ich zurück „Die Diskussion hatten wir schon."

„Ja Rosie, ich weiß das, ab ich will zu dir nach Deutschland."

19. Uzoma führt einen Haushalt

Mein Mann lag auf dem Sofa und hielt seine Wange. Er hatte Zahnschmerzen und beim Abendessen einen wertvollen Besitz verloren. Einen Backenzahn. In dem Zustand sprach man ihn besser nicht an. Er war mürrisch und schlecht gelaunt.

Sogar die Katze, die eigentlich immer zu ihm hielt, sorgte für reichlich abstand.

Sie lag bei mir, was sehr selten vorkam und blickte mit angelegten Ohren in Richtung meines schwerkranken Mannes.

„Hast du schon einen Termin gemacht?" „Ja, für morgen!" War die schroffe Antwort.

„Möchtest du noch was?" Versuchte ich sorgenvoll zu fragen. „Ja, meine Ruhe!"

Kam es etwas schroffer zurück. Die Katze konnte das Leiden meines Mannes nicht mehr mit ansehen, geschweige anhören und sie zog sich in ihre Box zurück.

Ich versuchte im Fernsehen etwas Interessantes zu finden, war aber erfolglos.

So blieben wir schweigend bei einem Tatort-Krimi hängen, der sich mehr und mehr in die Länge zog. Irgendwann reichte es meinem Mann. „Ich verwerfe mir noch eine Schmerztablette ein und geh ins Bett!" „Ja", sagte ich. „Kommst du dann auch?" „Ja, aber ohne Schmerzmittel!" „HA, HA"! War seine Antwort auf meinem Sarkasmus.

Am nächsten Tag hörte ich wieder was von Uzoma.

„Hallo Rosie, die Wohnung ist fertig mit Bett". Er schickte mir ein Video.

Ich war gespannt, wie es jetzt aussah in seinem Zimmer oder Haus.

Er hatte sich eine Art Liege gebaut, die breit genug war, um für zwei sehr schlanke Personen zu reichen.

Auf der Liege hatte er eine mit Bettwäsche bezogene Decke gespannt. Am Kopfende lagen zwei kleine Kissen mit derselben Bettwäsche bezogen. Die war in typisch afrikanischen Farben rot und grün gehalten. Das Muster konnte ich nicht gut erkennen.

In der Ecke saß ein Relikt aus Kinderzeiten. Ein kleiner roter Teddy.

Der Fußboden war mit einer schwarz-weißen gekachelten Folie überzogen.

Als ich Uzoma fragte, aus was diese den sei, sagte er es wäre ein Teppich und schickte mir Bilder von der Folienrolle.

Das was wir für gewöhnlich an die Wand kleben als abwaschbaren Fließen Ersatz, war für Uzoma ein Teppich. Naja, es kommt auf die Sichtweise an. Und diese Folie deckte den unschönen fleckigen Betonboden ab.

Er hatte sich ein gemütliches zu Hause geschaffen. Mit fast keinen Mitteln.

„Uzoma!" Schrieb ich. „Du hast es dir sehr schön gemacht, es gefällt mir gut, wie du das Zimmer eingerichtet hast. Du hast Geschmack!" Schrieb ich.

„Danke Rosie." Mit einem für Uzoma üblichen lächelnden Smiley. „Ich muss jetzt Wäsche waschen".

„Oh, Uzoma, wie machst du das?".

„Ich werde es dir zeigen Rosie. Jetzt geh ich erstmal Wasser holen."

„Ist das weit Uzoma?".

„Ja, ca. 45 Minuten hin und wieder zurück."

Du meine Güte dachte ich. Jeden Tag fast zwei Stunden unterwegs für Wasser zum Trinken und Waschen. Wie froh ist man über unseren modernen Wasseranschluss, als Errungenschaft eines bequemen Lebens.

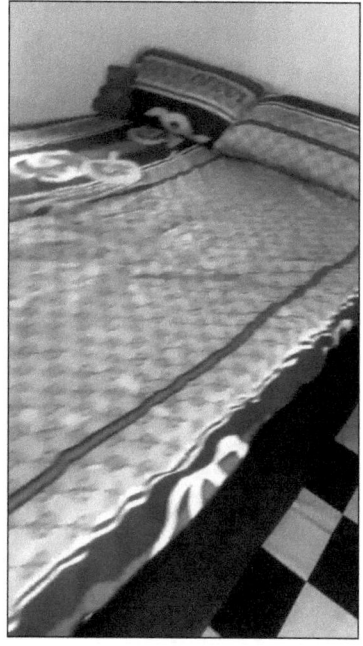

Uzomas Bett mit Teddy

Am Nachmittag ging ich den Waschmaschinenraum und füllte meine Waschmaschine, stellte auf Feinwäsche und ging nach oben. Keine 5 Minuten hat das gedauert. Uzoma, hingegen dacht ich, hat einen halben Tag für das Wasserholen gebraucht. Aber er hat wenigstens Zugang zu einigermaßen sauberem Wasser. Wie viele Menschen haben das nicht.

Später erhielt ich ein Video von Uzoma, er war auf einer unbefestigten Straße unterwegs mit zwei Kanistern. Allem Anschein nach auf dem Weg zum Wasser holen.

Das Video war ein bisschen länger als die anderen und so konnte ich etwas von seiner Umgebung sehen.

Die Straße und auch das was ich als Fußweg wahrnahm, war nicht befestigt. Fest getrampelter Sand, trockener Staub und viel Unrat bedeckten den Rand zwischen Fußweg und Straße. Autos fuhren laut hupend auf der Straße in beide Richtungen.

Die Fahrzeuge, die hupten hatten allen Anschein nach der Absicht zu überholen. Ohne auf eine Fahrtrichtung zu achten, sah man Mopeds kreuz und quer die Fahrbahn und den Fußweg benutzen. Auf dem Gehweg und der Straße zwischen Autos, Mopeds und kleine Lastwagen waren Menschen mit Schubkarren. Man sah Frauen, die auf dem Kopf Pakete oder Schüsseln trugen. Meist in traditioneller Kleidung mit Bluse und einem gewickelten Rock, dazu ein Tuch um den Kopf gewickelt. Auf der gegenüberliegenden Seite sah ich Mädchen, alle samt gleich angezogen. Wahrscheinlich die hiesige Schulkleidung. Strümpfe in Weiß, karierter Rock, weiße Bluse und orangefarbene Jacke.

Es sind nur wenig mehrstöckige Gebäude zu sehen. Ansonsten sah man nur die üblichen Beton- und Bretterbuden mit Wellblechdach.

Manche der Buden stand leer und drohten zusammenzustürzen. Andere schiene bewohnt oder wurden als kleine Geschäfte genutzt. Man sah auch, auf einer Straßenseite, die kurz eingeblendet war, dass man die alten Bretterbuden abgerissen hatte und ein mehrstöckiger Neubau entstand. Hier würde so jemand wie Uzoma sicher keine Bleibe finden.

Uzoma, dacht ich, lebt in einer armen Siedlung am Rande der Stadt. Ähnlich wie in den verschiedenen Großstädten der sogenannten Dritten Welt. Wie in Brasilien, dort hatte ich ähnlich Bauten im Fernsehen gesehen, die waren wie in Owerri dich aneinandergereiht.
Es ist wie überall. Die armen Bewohner werden weiter an die Ränder der Stadt gedrängt um Platz zu machen für neue Gebäude die von reichen Bürgern dann bezogen werden.
Es gibt aber auch ein anders Owerri. Beworben im Internet. Ein Owerri für Reiche und wohlhaben Bürger und Ausländer. Mit Villen und der klischeehaften Palme vor der Tür, abgeschirmt mit Mauern und Zäunen.
Es gibt das Owerri mit Siedlungen für Reiche und mit Geschäften und Supermärkten, die nicht anders sind als bei uns.

Die einen kommen aus ihrer Armut nicht raus und die anderen Schirme sich mehr und mehr ab. Diese Tendenzen gibt es, so wie ich das sehe, weltweit. Auch hier in Deutschland. Hier wird eine abgehobene Politik gemacht. Fernab von der Realität der Menschen. Die Reichen in unserem Land wirken immer weniger solidarisch mit. Meiner Meinung nach bezahlt die sogenannte Mittelschicht inzwischen den Hauptteil aller Leistungen über die Steuern und Abgaben. Sie blutet langsam aus. In den Großstädten gibt es kaum noch bezahlbaren Wohnraum. Und dort geschieht das Gleiche wie in Nigeria.

Aus ärmeren Vierteln werden die Menschen vertrieben, Neustrukturierung und Neugestaltung von Wohnviertel nennt man das. Zahlungskräftige Käufer oder Mieter werden dann die neuen Bewohner dieser neu herausgeputzten Wohnviertel.

Bei Umbauarbeiten werden alte Mieter dazu drangsaliert, das sie freiwillig ihr altes Zuhause verlassen.

In Nigeria werden die Beton- und Bretterbuden einfach zusammengeschoben und fertig.

Hoffen wir mal das Uzoma noch eine Weile dort wohnen kann.

Am nächsten Tag schickte mir Uzoma ein weiteres Video von seiner „großen" Wäsche. Zugegeben eine bisschen erinnerte mich das an meine Großmutter. Mitunter hatte sie in den 60igern bei uns auf dem Dorf auch so gewaschen. Nur musste kein Wasser geholt werden.

Auf dem Video von Uzoma war eine kleine Metallschüssel zu sehen. Darin in etwas Seife eingeweichte Wäsche. Schon gewaschen Wäsche hatte er einfach vor seinem Haus auf eine kleine Betonmauer zum Trocknen gelegt.

„Uzoma", schrieb ich. „Du musst die Wäsche auch gut ausspülen, damit es keine Seifenrückstände gibt."

„Rosie", schrieb Uzoma mit einem neuartigen Smiley, das die Hand vor dem Gesicht hielt. „Rosi, was glaubst du, wie oft ich Wasser holen soll?"

Na ja, da hatte er recht. Bei jedem Spülgang vorher zwei Stunden Wasser holen. Dann würde er für das Waschen seiner Wäsche mehrere Tage brauchen.

„Ja Uzoma, entschuldige ich hatte dein Fußmarsch vergessen."

Ab Hut ab, du hast deinen Haushalt im Griff!", schrieb ich munter weiter.

„Ja, und ganz alleine". „Wenn ich fertig bin, wisch ich mit dem Rest noch meine Wohnung."

Na das nenn ich, mal ökologische Wasser Nutzung, dachte ich. Zwei Kanister Wasser müssen für die Wäsche, das Trinken und für das Putzen reichen. Während wir und da nehme ich mich nicht aus, manchmal auch sinnlos Wasser verschwenden.

„Uzoma!" Schrieb ich weiter. „Wenn du Hilfe brauchst musst du dir eine Freundin suchen". Ich schickte diesmal ein lachender Smiley mit gerötetem Gesicht hinterher.
„Nein!" war seine Antwort. „Ich brauch keine Freundin. Das habe ich dir doch schon gesagt. Ich kann mir keine leisten. Und die Frauen hier mag ich nicht wirklich."
„Okay Uzoma. Hatte ich vergessen, ich sollte ja hier schauen."
„Ja und außerdem bist du da."
„Uzoma, ich bin mehr als doppelt so alt, 1000 km entfernt und verheiratet."
„Ja mach nichts, ab mit dir kann man schönreden und du hilfst mir, wenn ich nicht weiterweiß."
„Hauptsache du wirst nicht wieder depressiv."
„Nein Rosie, das hatte ich versprochen. Morgen gehe ich in die Kirche, da muss ich auch weit laufen."
„Lass mich mal raten, du willst schlafen?"
„Ja, reden wir morgen weiter. Ich bin so müde".
„Na dann gute Nacht Uzoma."
„Gute Nacht!"

Uzoma wäscht seine Wäsche

20. Uzoma und kein Ende

Es war inzwischen Ende März und das Wetter konnte sich noch immer nicht zwischen Winter und Frühling entscheiden.

Mal schneite es und dann war es wieder sehr kalt. An einem Tag hatten wir das beste Frühlingswetter, nur damit es dann wieder kalt und nass werden konnte.

So wie das Wetter wechselten auch die Stimmungen der Menschen, die man draußen traf. Das ständige auf und ab, macht wohl jeden irgendwie zu schaffen. Die Kleingärtner saßen in den Startlöchern und nutzen jede Gelegenheit die sich bot, auf ihren Grundstücken zu werkeln.

Ich und mein Mann versuchten das Grundstück vom letzten Sturm zu säubern und die Frühjahrsblüher vom Laub und herabgefallenen Ästen zu befreien.

Da erreichten mich 3 weinende Smileys von Uzoma. Nach meinen bisherigen einschlägigen Erfahrungen beutet, dass nichts Gutes.

Ich schrieb ihm, dass ich mich gleich melden werde. Und er antwortet mit einem kurzen Okay.

Ich werkelte mit meinem Mann weiter im Garten. Wir hatten aus einer Gärtnerei frische Primeln geholt, die wir nun in den Schalen vor dem Eingang einpflanzten.

Die Erde wurde gelockert, Dünger kam hinzu mit einem Schuss alten Kaffeesatz. Ein Hausmittel, das den Pflanzen Energie geben sollte. Kaffee, insbesondre seine Inhaltsstoffe wurden heutzutage für alles verwendet. In der Haarpflege, für die Schönheit, für straffe Haut. Ich mag Kaffee am liebsten in flüssiger Form mit Kondensmilch. Dass man mit dem restlichen Kaffeesatz Blumen düngen konnte, war ein guter biologischer Nebeneffekt.

Als wir fertig waren mit den Aufräumungs- und Pflanzarbeiten betrachteten wir zufrieden unser Werk.

„Es ist ja nur noch eine Woche bis Ostern". Sagte mein Mann. „Nun sieht es wieder schön und frühlingshaft aus". Lies er sich vernehmen.

„Ja", sagte ich. „Und jetzt eine Tasse Kaffee, schließlich brauchen wir wieder Dünger." Rief ich ihm nach.

Derweilen saß unsere Katze auf dem Fensterstock und beäugte uns von oben hinter dem Fensterglas. Als sie sah, dass mein Mann die Treppen hinaufkam, sprang sie runter. Sicherlich zum Fressnapf, dachte ich so für mich. Und richtig, als ich in die Tür trat fraß sie genüsslich aus ihre Schüssel, ohne mich auch nur eines Blickes zu würdigen.

Toll, dachte ich, wenigsten die Katze ist zufrieden. Ich setzte Kaffee auf, das heißt ich warf meinen Kaffeeautomaten an und dann setzten wir uns gemütlich hin.

„Ostern kommen die Kinder". Sagte mein Mann. „Die Zwillinge werden auch dabei sein."

„Ja", sagte ich, „das werden Sie". Ich sah meinem Mann an, das er schon darüber nachdachte, wie er unser Anwesen zwillingssicher gestalten konnte.

Am späten Nachmittag schrieb mir Uzoma: „Hast du mich vergessen?"

„Nein Uzoma", schrieb ich zurück. „Was für ein Problem hast du?"

„Rosie, ich hatte dir versprochen den Schulabschluss zu machen. Aber dazu brauch ich eine Schulkleidung. Denn Stoff habe ich. Aber mir fehlt das Geld für den Schneider."

„Schneider?". Fragte ich ungläubig zurück.

„Ja Schneider, warte". Schrieb er nun.

Und dann kam ein kurzes Video. Da lag auf seinem Bett weiser Stoff, sicher für ein Hemd und brauner Stoff für die Hose. Ich hatte das schon gesehen, wo sich Uzoma angemeldet hatte. Dor trugen die Jungs braune Hosen und weiße Hemden und die Mädchen karierte Faltenröcke und weise Blusen. Dazu jeder einen braunen Schlips.

„Okay, schieb ich, das soll also deine Schulkleidung werden?"

„Ja, aber ich brauch 30 Euro." Bitte lass mich nicht im Stich."

Ich dachte für mich, wo um alles in der Welt soll das enden. Ich kam mir wie seine Mutter vor. Aber zum anderen ist ein guter Schulabschluss wichtig, dachte ich und da soll es mir um die 30 Euro nicht leidtun.

„Uzoma", schrieb ich, „Ich schicke dir das Geld."

„Oh Danke", natürlich mit einem Smiley versehen kam von Uzoma zurück.

Ich hoffte für mich, dass er mit dem Schulabschluss vielleicht eine weitere Ausbildung oder eine Arbeit bekommt.

Was natürlich für nigerianische Verhältnisse eigentlich illusorisch ist.

Zwei Drittel der Bevölkerung in Nigeria sind Jugendliche. Mangelnde Bildung, hohe Arbeitslosigkeit und fehlende Perspektiven treiben die jungen Menschen in die Arme von Terror Organisationen wie Boko Haram – es sei denn, sie nehmen ihr Leben selbst in die Hand. Und da heißt es auch lernen.

Hat da Uzoma eine Chance? Oder gehört er zu den Armen, die es nicht schaffen werden.

Und kann ich ihm helfen? Und wenn ja wie? Es gibt viele Organisationen, aber man hat den Eindruck, es ist nur ein Tropfen auf dem heißen Stein. Viele Hilfen kommen aber auch nicht da an, wo sie gebraucht werden. Nämlich im Hinterland des großen Landes.

Ich frage mich seit ich Uzoma kenne, ob die Hilfen, die wir hier so starten über die Bundesregierung, über die EU und über private Organisationen überhaupt die richtigen Hilfen sind?

In Owerri wo Uzoma lebt, arbeitet keine Organisation, die in irgendeiner Weise Jugendlichen, wie Uzoma, hilft ihren Weg zu finden. Da kommt keine Hilfe an.

Oft habe ich Uzoma in einer sehr depressiven Stimmung erwischt. Ohne Hoffnung ohne lachen. Ich habe gemerkt, dass er nicht so frei lacht wie die Jugendliche hier bei uns. Er hat meist traurige, aber strenge Augen. Der Blick geht meist nach unten und selten in die Kamera. Als wollte er verstecken, wie verzweifelt er eigentlich ist.

Er ist geprägt von Angst, überfallen zu werden, geprägt von der Angst zu verhungern, geprägt von der Angst als Verlierer dazustehen.

Oft habe ich versucht ihn aufzubauen, aber geht es denn hier aus dem fernen Deutschland mit gefülltem Bauch?

Ostern! Es war wie zu Weihnachten. Wir sind wie immer der zentrale Treffpunkt für unsere Kinder nebst Enkel. Und so rief es Ostersamstag schon von weitem nach gewohnten sächsisch – bayrischen Dialekt – „Oma, Opa, wir sind wieder da!"

„Ah die Zwillinge", sagt etwas mürrisch mein Mann. „Mal sehen was sie diesmal kaputt kriegen". „Sei doch nicht so," konterte ich. „Wir sehen sie allzu selten"

„Ja, Ja", knurrte mein Mann. Aber als die beiden dann endlich die Treppe oben waren, natürlich vor allen anderen, wurde geknuddelt und mein Mann wirkt fröhlich und mit einem Augenzwinkern lachte er.

Mein Mann ging mit den beiden in den Schuppen. Dort gab es für die beiden die tollsten Sachen. Hammer, Pfeile, Traktor und vieles mehr.

Ich hatte inzwischen, wie Ostern üblich viele Eier, natürlich hartgekocht und bunt bemalt im Garten versteckt. Die Kinder, in zwischen 5 Enkel, bekamen alle ein Körbchen und dann ging das Suchen los. Lautes Rufen „Ich habe eins" und „gib her ich habe es zuerst gesehen". Begleiteten die suche. Die Zwillinge hatten ein System ausgetüftelt, um die meisten Eier zu bekommen und versuchten die anderen auszutricksen. Was ihnen auch gelang. Am Ende hatten sie auch die meisten gefunden. Und sich einen Goldosterhasen gesichert.

Zu Mittag gab es keinen Hasen, das hätten mir die Kids übel genommen und nie verziehen. So wurde Rehbraten aufgetischt. Für die Kinder war es normales Fleisch in Rotweinsoße, dazu grüne Klöße und Rotkraut. Es mundete allen und so war es nach dem Mittagessen einmal kurz still. Aber nicht lange. Die 2 Mädchen basteltet an ihrem Perlenpuzzel. Mein Großes Enkel spielte am Handy, das einzige Freizeitvergnügend der Jugend in der heutigen Zeit. Nur die Zwillinge wollten raus Richtung

Schuppen. So war Opa gefragt, wenn er seine Technik heil über Ostern bringen wollte.

Uzomas Kirche – Ostern in Owerri

Spät am Abend schickte mir Uzoma ein Video aus seiner Kirche.

Bunt gekleidete Menschen feierten dort ihr Osterfest. Mit viel Gesang und Musik. Man sah wie der Pfarrer immer wieder das Mikrofon weiterreichte und es erklangen Lieder und Gesänge, die ich so nicht kannte. Voller Fröhlichkeit und Lebensfreude.

Eine kleine Kirche, einfach aber wunder schön. So mein Eindruck.

Ich dankte Uzoma und wünschte ihm ein schönes Osterfest.

Er wünschte mir ebenfalls alles Gute zu Ostern und schrieb, das er dafür gebetet hat mich einmal im Leben zu treffen. Ich dankte und sagte ihm, dass ich denselben Wunsch habe. Dann wünschte ich ihm noch eine schöne Feier in seiner Kirche.

Epilog

Ja es tut mir leid, aber ich habe kein Happy End. Noch nicht. Ich habe Uzoma über ein viertel Jahr begleitet, bei seinen Höhen und Tiefen. Zugegeben es waren mehr Tiefen.

Ich habe einen jungen Mann kennengelernt, der Versucht hat über eine Betrugsmasche an Geld zu kommen um sich und seine Familie zu helfen. Um manchmal nur, um was zu esse zu haben. Wie oft verurteilen wir ohne zu wissen was wirklich dahintersteckt.

Am Anfang war ich nur wütend und fest entschlossen den Scammer zur Strecke zu bringen. Dann war ich Neugierig und wollte mehr wissen.

Uzoma gab mir kurze Sequenzen aus seinem Leben, von seinem Land. Ich musste erkennen, dass hier eine Junger Mann um seine Existenz kämpft.

Ich wusste am Anfang nichts von dem Land, seinen Menschen und dem Elend auf der einen Seite und dem unermesslicheren Reichtum an Bodenschätzen auf der anderen Seite. Diese Schätze dienen aber nur einer kleinen Schicht, einer reiche Oberschicht und ausländischen Investoren.

Die meisten Menschen aber erdulden unendlich viel Leid und Armut, Menschen die um ihr Überleben kämpfen in einer Gesellschaft die geprägt ist von unsagbarer Gewalt, Armut und Korruption.

So Arm die Menschen sind, aber sie sind mit dem wenigen zufrieden. Das habe ich sehn dürfen. Die Gier, und das ist meine persönliche Meinung, geht erst ab einem bestimmten Einkommen los.

Bin ich zufrieden? Nein! Ich weiß das Uzoma am Anfang steht und niemand weiß wie es weitergehen wird. Ob er Arbeit finden und sich ein Leben aufbauen kann steht noch in den Sternen. Wichtig ist für mich jedoch positiv zu denken.

Aber er geht wieder zur Schule, holt versäumtes nach und vielleicht kann er sich seinen Traum von einem eigenen Geschäft, einer schönen Wohnung und ein Leben ohne Sorgen um das tägliche Essen irgendwann erfüllen.

Ich glaube er ist auf den richtigen weg, ob es so bleibt weiß keiner, vor allem nicht in diesem Land Nigeria.

Für meinen Teil wünsche Uzoma von ganzem Herzen das er es schafft und seine Träume in Erfüllung gehen. Und vielleicht trägt das Buch dazu bei, die Menschen aufzurütteln und nicht den Kontinent zu vergessen aus dem wir alle mal kamen.

Jeder kann etwas dazu beitragen damit unser Welt für alle eine bessere Welt wird.

Für alle Uzomas dieser Welt!

Die Autorin

Rosi Becker wurde 1959 in Karl-Marx-Stadt geboren. Im Alter von einem Jahr zog sie mit ihren Eltern in das Grenzdorf Roden in der Nähe von Osterwieck im Harz. Dort verbrachte sie ihre frühe Jugend, Kindergarten und Grundschule miteingeschlossen.

Mit 10 Jahren ging es zurück nach Sachsen, genauer nach Zwickau in Westsachsen, in der Nähe von Chemnitz, wo Schul- und Berufsabschluss folgten. Nach der nicht zu vermeidenden Berufserfahrung als Gärtnerin unter „Glas und Plasten" folgte in der damaligen DDR ein Studium in Weimar zur Verwaltungsfachangestellten. Qualifizierungen in diesem Beruf nach der Wende folgten. Bis heute arbeitet sie als Verwaltungsfachangestellte an ihrem Wohnort. Ehrenamtlich engagiert sie sich seit vielen Jahren in einem Jugendblasorchester ihrer Heimatstadt.

Der Verlag

novum VERLAG FÜR NEUAUTOREN

> *Wer aufhört
> besser zu werden,
> hat aufgehört
> gut zu sein!*

Basierend auf diesem Motto ist es dem novum Verlag ein Anliegen, neue Manuskripte aufzuspüren, zu veröffentlichen und deren Autoren langfristig zu fördern. Mittlerweile gilt der 1997 gegründete und mehrfach prämierte Verlag als Spezialist für Neuautoren in Deutschland, Österreich und der Schweiz.

Für jedes neue Manuskript wird innerhalb weniger Wochen eine kostenfreie, unverbindliche Lektorats-Prüfung erstellt.

Weitere Informationen zum Verlag und
seinen Büchern finden Sie im Internet unter:

w w w . n o v u m v e r l a g . c o m